大家的小作文
Small Essays by Great Writers

风吹一生

徐则臣 著

陕西新华出版
陕西人民教育出版社
·西安·

图书在版编目(CIP)数据

风吹一生 / 徐则臣著. -- 西安 : 陕西人民教育出版社, 2025. 7. -- (大作家的小作文 / 王久辛主编).
ISBN 978-7-5757-0771-8

Ⅰ. I267

中国国家版本馆 CIP 数据核字第 2025QW3441 号

大作家的小作文

风吹一生

FENG CHUI YISHENG

徐则臣 著

总 策 划 周维军
出 品 人 李晓明 叶 峰
策 划 叶 峰
项目协调 张志方
项目统筹 郑丹阳 田子晖
责任编辑 贺金娥
封面设计 王左左
出版发行 陕西人民教育出版社
地 址 西安市丈八五路58号
经 销 各地新华书店
印 刷 西安五星印刷有限公司

开 本 787毫米×1092毫米 1/16
印 张 15.75
字 数 212千
版 次 2025年7月第1版
印 次 2025年7月第1次印刷
书 号 ISBN 978-7-5757-0771-8
定 价 46.00元

大作家的小作文

莫言题

前言

王久辛

固然，古今中外的大文豪、大作家之所以能够流芳百世，是因为他们都有鸿篇巨制的经典，不然就不可能赢得世人的赞同与首肯。大文豪、大作家都有大作品，这毫无疑问。然而，大作家的大作品是怎么来的呢？没有一位大作家不是日复一日、年复一年持之以恒地写出卷帙浩繁的扛鼎之作；也没有一位大作家不是一个字一个字地垒起伟岸高峰的。换句话说，他们也是人，是常人、凡人，只不过是靠了自己的一颗耐烦、耐久、坚韧不拔的心，字无巨细，一视同仁，以不间断的思考和不间断的写作，成就了超凡创造。这样说来，所有超拔的大作家，都有一个踏踏实实、一步一个脚印、积少成多的写作历程与创作品格。

不过，我这里马上要说到的“大作家的小作文”，指的当然不是大作家的大作品，而是大作家写的小品文、小散文、小杂文、小随笔、小特写、小体会一类的“小作文”。说到“小”，我就会想到“大”，我觉得“大”就是“小”，“小”有时候又是“大”。一位作家作品的质地如何，其实很多时候并不需要从头看到尾，读上几章就足够了。为什么？因为那几章文字的成色、叙述的含量、结构的布设，就暴露了一位作家的全部。就像拿着放大镜看小腻虫，须尾全活着的，当然是好文字；若是一塌糊涂，没有动静，不见条纹，那还有什么读头呢？大作家是不一样的，他们遇到报刊的约稿，沉心一思，计上心来，信笔涂写，千八百字、两三千字，完全是信手拈来。谁敢说这样写出来的文字，不是大作家日有所想、夜有所梦的精神闪耀呢？表面上看去，好像与其写的大部头没有关系，然而那情思的寄寓与思想的寄托，谁敢肯定不是其大作品中人物之一斑呢？“小”不“小”，那要看寄寓寄托的是什么。大作家的小作文，没准儿里面有大思想、大情怀、大志向、大魂灵呢？

大作家在写大部头的间隙，在应付、应酬日常生活与俗事、俗物、俗人之际，难免会有一些杂思杂感，难免会信手写些七零八碎的小文字，随手记一点儿小杂感、小念头，铢积寸累，堆土成山，少的攒上十几万字，多的积上几十万、上百万字，也是大有可能的吧？少年时代，我读钱松嵒（1899—1985）先生的《砚边点滴》，就觉得非常简约精妙，字少意多，没有废话，全是干货。他谈国画创作，没有要作文章的架势，都是切身体会，信笔记之。为便于阅读，他分成条块，归类排列，心上点滴，录以自娱，取名《砚边点滴》，我猜也是无以名状的结果，然这“无以名状”的文字，后来竟成了画家们的经典。

作家都是有心人，我私下忖度：百分之七八十的作家、诗人、艺术家，都有可能记下一些这样的“小作文”。大先生孙犁有过一册《尺泽集》，里面全是几百字的小文章。散文家秦牧出过一本《艺海拾贝》，也都是千八百字的小文章。街头巷尾的闲杂事儿、日常生活的针头线脑儿，全让他用一颗艺心串了起来，像在海边捡拾贝壳那样，盛到了他的著述中。孙犁、秦牧都是散文大家，他们不嫌小、不怕短的用心之处，给我留下了难忘的印象。

后来孙犁先生出了文集，我立刻买来研读，发现有三分之一以上都是小文章，长的也不过几千字，然篇篇见精神，都是至情至性至真的好文章。孙先生独孤求短，字字珠玑，一生言之有物，不说废话，他的那些小短文汇成的文集，在我看来，每一本都不比他的长篇小说弱，一如他的短篇小说集《白洋淀纪事》，内里最短的小说仅三五百字，但其美学价值，堪比先生的长篇小说《风云初记》。可以说，在孙犁先生的文学观里，从来就没有长长短短的分别。我的好友伍立杨曾写文章说，他“决计一生要住在一流的文字里”，那是一个多么高洁雅致的理想啊！令我心向往之。

于读者和作者来说，短文章的好处太明显了。短，读得快，作家们写得也快，一句话——节省时间，节约精力。但我还有一个想法，恐怕不说，还真不一定人人都明白。作为读者，如果你喜欢阅读文学作品，而你又没有大块时间，怎么办呢？我的经验就是去读作家的“小作文”。因为是“小作文”，作家的思想境界、情感疏密、语言韵致，写出来的多半是精华；况且篇幅小，可以回过头来反复看看，琢磨琢磨，理解起来就容易多了。无论是大中小学生，还是乡镇企业的工作人员，乃至国家机关国企单位的公职人员，有时间嘛，就买上几本这样的小作文，坐下来多看几篇；没时间呢，十来分钟的零碎空闲，也能偷空儿看上一两篇。咱先别说要立志终身学习，能把散失在犄角旮旯儿的这些五彩贝壳捡起来，不也一样是珍惜了光阴，爱惜了生命？而且还长了见识，健康了精神，这不又是一个美哉？

正是基于如上的认识，2024年12月的一次聚会，在好友张志方的引介下，我与陕西新华出版传媒集团总编辑周维军先生、陕西人民教育出版社总编辑叶峰先生一拍即合，策划了《大作家的小作文》丛书。所请作家，或是世界文学奖，如“国际安徒生奖”，或是中国文学奖，如“茅盾文学奖”“鲁迅文学奖”的获奖者。现在，丛书的第一辑，由“诺贝尔文学奖”获得者莫言先生题写了丛书书名，收入了曹文轩《另一种造屋》、陈彦《我的西安》、周大新《曹操的头颅》、徐则臣《风吹一生》、徐刚《当时人物在》、阿成《海岛上的夜雨》、何向阳《读行记》、李骏虎《在晋南的旷野上》、谢有顺《想象力比我们想象的更重要》、吴克敬《像孩子一样努力》、王久辛《从小看大》共11部作品。这11部著名作家的“小作文”，经过陕西人民教育出版社编辑们紧锣密鼓、高度认真的编校，即将出版面世啦。作为这套丛书的主编，我的内心充满了蓬勃的期待！我期待着这套丛书能尽快来到读者的眼前，来到读者的心里，让读者检验一下这11位作家的“小作文”，是不是11个文学世界、11片文学海洋，是不是可以构成我们这个时代的另一片星辰大海？

最后，请允许我代表著名作家曹文轩、陈彦、周大新、徐则臣、徐刚、阿成、何向阳、李骏虎、谢有顺、吴克敬等，向陕西人民教育出版社，向参与《大作家的小作文》的全体编校人员，致以崇高的敬意与深深的感谢，你们辛苦啦！谢谢！谢谢！！

2025年3月22日于北京

徐明臣

风吹一生

扫码获取专属数字人

目录

02 驰而不息

03 书旅人生

04 诗和远方

我与文学

大量的阅读突然就让你明白了事理，给了你自信，

知道哪些事情能做、可能做好，哪些事情你永远也做不了；

它给你打开了一条新的路。

我的『外国文学』之路

1

十一岁之前，我住在一个村庄里，无法想象有地方比县城更远。从我家到县城，四十里，这是我理解的世界的半径。我看到过外国人，在电视里，在这台从姑妈家借来的黑白电视机里，他们头发卷曲，高鼻深眼，名字长得憋一口气都说不完，穿着可笑的礼服或长裙。看第一眼我就不喜欢，说中国话也不行（他们的确都说中国话，每一集电视剧结尾都会出现一长串配音演员的名字），竟然还有人长这么丑。这不是我一个人的感受，围在十四英寸电视机前的一屋子街坊邻居都不喜欢。

这是20世纪80年代中期，四邻里只有我家借来的这一台电视机，一到阴天下雨和晚上，没活儿可干的邻居就聚过来。他们说："换台换台，外国人不好看。”我就走到电视机前，咔咔咔拧半圈转到另外一个频道。能收到节目的就两三个频道，我们宁愿看另外一个频道里跟我们没有任何关系的广告。

十一岁，我去镇上念初中，一半好奇一半虚荣，我向念高中的朋友借来两本外国文学名著——《嘉莉妹妹》和《珍妮姑娘》。拿到书的时候，我能听见那些下雨的午后，因为不喜欢外国人我换频道的坚硬的咔咔声。可我已经是个中学生了，得做个有学问的人。《嘉莉妹妹》和《珍妮姑娘》是我最早读的外国小说。我硬着头皮翻开了第一页。读得出乎意料的顺，整个人进去了，我不仅可以完整地复述出来故事，所有那些稀奇古怪的外国人名我竟然也记住了。当我说出那些复杂冗长的外国人名时，我觉得我的舌头正在跳传说中的芭蕾舞。

也许正是这些古怪的名字激发了我对外国文学的兴趣，接下来我借了《复活》，向同学们讲述卡秋莎·玛丝洛娃的故事，每次说到公爵，我都说出他的全名——德米特里·伊凡内奇·聂赫留朵夫，小伙伴们的眼瞪大了。你可以想象我的虚荣心得到多大的满足。在他们看来，这可不是简单的记忆力问题。

玛丝洛娃和聂赫留朵夫在相当程度上鼓励了我对外国文学的阅读。从《复活》开始，我逐渐进入了持久、自如的外国文学阅读状态。那点儿可笑的虚荣心是个好东西，异邦人和异质文化对我不再是障碍，反倒成了吸引，由此也修正了我对外国文化、外国人（包括名字、长相、生活习惯等）的排斥和偏见。我甚至更愿意阅读外国文学，看外国电影。中学时，我的英语一度也是全校最好的。

时至今日，我读过的外国文学，看过的外国电影，在量上肯定远远大于中国的，尽管我毕业于中文系，拿的是中国当代文学专业的硕士学位，写的是中文小说。

2

读了一堆书未必要成为作家，也未必能成为作家。高中时我开始写第一篇小说，闹着玩；接着又写了一篇，深受新历史主义小说的影响，古典、纠结，背景是战争，写得很认真，但依然是闹着玩。我也写诗，不过都是那点儿小文艺情怀和青春期倾诉的欲望在作祟，我从没想过以后要靠写东西吃饭。

我只是读书，大量的中国小说，更大量的外国小说；我想学的是法律，要做的是律师，对未来有专一的想象——站在法庭上据理力争，侃侃而谈。高考志愿前面一大串报的都是法律，只在最后填了一个中文。考砸了，一头钻进了中文系。我有被闪了一下的失重感，整个大一都没回过神来。能做的就是整天钻进图书馆，用巨量的阅读把自己扶正，别的我不知道干什么。这是我头一次纯粹为阅读而阅读，长达一年。我悲壮地坐在图书馆里，看不清前路，抱着一摞摞借来的外国小说奔走于宿舍和教室。

大一暑假，一个人待在校园里。某个黄昏，夕阳半落红霞满天，我抱着一本书双眼迷离地从宿舍里走出来，迫切想找个人倾诉，我知道我该干什么了——当个作家。

阅读本身终于扭转了我的志向。我把它称为“读开了”，第一次“读开”。大量的阅读突然就让你明白了事理，给了你自信，知道哪些事情能做、可能做好，哪些事情你永远也做不了；它给你打开了一条新的路。我的阅读开始有了目的，为写作而阅读。也因这个缘故，我发现就读的这所大学的图书馆不够用了。阅读是一张发散的网，一本书会勾连起另一本书，一个作家会带出来另外一个作家，彼此交叉纠缠，我的阅读之网在这个图书馆里经常一不留神就得断掉。外国小说，尤其是我心仪的大作家挂在嘴上的那些经典，按图索骥到它们时，抓耳挠腮也找不着，很多想读的书都没有。那个图书馆不算小，对一般的中文系学生来说绰绰有余，教科书上提及的作品基本都有；但对立志要见贤思齐的写作者来说，必须另有一个开阔、别致的图书馆，用以收藏和存储那些刁钻和稀奇古怪的作品。我需要的是一个作家的图书馆。

那时候没有网络，买书的钱也不够；即使有钱，你也不知道去哪里买那些书。欠下的书单有一堆，我澎湃的阅读欲望无望地积压在一起。天上掉下馅儿饼——大二结束时我获得一个去另外一所大学续读的机会。为争取到这个全系唯一的名额，我拿出了比高考还认真的劲头去准备一轮轮考试。那所大学有一座巨大的、诱人的图书馆。第一次翻看外国文学的索引卡时，我已经激动得气短，那么多寻而不遇的外国小说的书名都被蓝黑墨水工整地写在卡片上。这下发了，好像那些都是我的私有财产。

接下来就是“恶补”，我那时候读书的确有副穷凶极恶相。每次借书都要满额，还书的速度也比别人快。因为是插班生，任课老师的点名簿上没我的名字，不喜欢的课我都逃掉，不在图书馆就在宿舍，斜躺在床上看书。欠下的阅读债还完以后，我开始了更加疯狂的阅读。大概很少有人这样阅读：外国文学占了图书馆一楼的半个厅，国别语种之外，依照英文字母顺序一架架排列，我照着英文字母顺序开始读，每个国家和语种的小说都是从A读到Z。

大三、大四那两年，我几乎不抬头。阅读低着头，写作也低着头。

图书馆在山上，宿舍在山下，每天上山下山也都低着脑袋，胳肢窝里永远夹着两本书。因为插班，因为上课少，集体活动也很少参加，毕业时和班上的好多同学都没说过一句话。我不知道别人是否觉得这种饕餮式阅读可笑，但如果你和我一样，积压了如此沉重的阅读欲望，因为一个偶然的机会才得到这样一场阅读的盛宴，你就能理解我：饥饿的人的确会扑到面包上。

往返于图书馆和宿舍的那两年，我没意识到肚子里装了不少书，对我来说那是习焉不察的日常生活，没什么好说的。毕业后，我去大学教美学和写作。在写作课上，我才发现自己真读了不少外国小说。我把陈旧的写作教材扔到一边，自行其是，按照自己对文学和写作的理解来讲。分若干章节，每一章节只谈小说的一个问题，比如语言、细节、故事、结构、开头、结尾、对话、主题、标点符号等。备课时我要从诸多经典和优秀的中外小说里提取例证，除非必须刻板地摘录引文，我几乎不需要查阅资料，读过的外国小说从黑暗的记忆中一部部清晰地浮现出来，凭印象我就可以大差不离地把小说中相关的内容复述出来，把问题讲清楚。

搬家的时候我翻到十年前的教案，备的都是简案，一个章节的内容有的只是两三页纸，要点下面通常只罗列出一部部外国小说的篇名和书名。我才发现当时的确读了不少书，那么多现在已然模糊乃至完全遗忘的作品在当时竟可以信手拈来。年轻真是好，记忆力也咄咄逼人。要在如今，哪一讲都得把自己折磨死，两三页纸是无论如何也不够用的。

这是我第二次把自己“读开了”，在对外国文学的接受和理解上。读开的结果不仅让我顺利地完成了那两年的教书任务，更在于那些经典的作品让我受益良多。

3

去年参加了一个文学会议，讨论现代文脉与今日写作。一个很有意思的现象：与会的学者和批评家们都在谈中国文学的传统，谈继承，谈“五四”以降的现代文脉于中国当下的写作之重要；而作家们谈到自己的创作时，完全数典忘祖，甚至典都不是中国的典，对他们的写作产生重大影响的绝大多数是外国文学和外国作家。一方面是传统之重大、文脉之久远，一方面却是别开蹊径、他山之石可以攻玉。既然我们有一大堆自己的好东西，为什么还要千里迢迢地“拿来”呢？“拿来”倒也无妨，怎至于如此数典忘祖地近乎全盘“拿来”呢？会议结束，我将自己的观察求教于学者，没有得到富有说服力的解答。

其实我们都明白，新文学是“现代”的产物，晚清列强来袭，国门洞开，我们的文学“被”强行“现代性”了。有了“现代性”这个东西，我们发现，文学跟过去的传奇和话本小说，跟明清的一些市井小说不太一样了，它的内倾、反思、质疑，它用以实现内倾、反思和质疑的技巧与叙述模式，都和老祖宗的东西区别了开来；它把我们的文学从平铺在生活和世俗的表面，拽进了生活黑暗的纵深与人物复杂幽微的内心。一个必须开眼看世界的时代，一个必须深入地自我反思和发现的时代，世俗层面上的故事，人心之外的故事，已经没有能力及时、有效地接近和抵达我们以及我们所置身的这个世界的真相。

现代小说本来就是舶来的，源头在西方，它的一整套行规拿到眼下的中国，的确也可以更有效地解决我们的问题。但我们就是磨不开这个面子：传统从来都是伟大的，中国当代文学当然只能是中国古典文学和中国现代文学的继承与发展，没有鲁迅，我们如何能够想象今日的写作？数典忘祖的行径我们不能接受。没错，中国当代文学的确是走在中国古典文学和中国现代文学开辟的道路上，但你不能由此推断当代文学必然就走在自家的直线上。它可能会拐弯，可能出现岔道，可能会与其他的道路交叉、并轨；它姓“中国”，并不意味着它就是个没有纳入另一种基因的纯种。

鲁迅当然是现代文脉最重要的一支源头，鲁迅就那么“中国”？他的《狂人日记》从题目、形式到内容，都从俄国来。他在《呐喊》《彷徨》和《故事新编》中所动用的叙事资源，他的振聋发聩的“现代性”，接的显然也不是古典小说的轨。但在那次会议上，一部分学者和批评家似乎放任鲁迅的旁逸斜出，却希望将当下的写作强硬地编织进中国的“传统”和“现代文脉”里。

当然，这也是个周期性发作的老问题，我们太想“纯粹”了，太想“一尘不染”了，我们有浩荡的五千年文明史，怎么会在这最近的一百年里文学就突然被别人篡改了呢？20世纪80年代，林毓生先生在《中国传统的创造性转化》中就已经开始探讨这个命题。林先生的态度倒是比较实事求是，他从外来文化为我所用的角度反方向阐明了该问题：“简单地说，是把一些中国文化传统中的符号与价值系统加以改造，使经过创造性的转化的符号与价值系统，变成有利于变迁的种子，同时在变迁过程中，继续保持文化的认同。这里所说的改造，当然是指传统中有东西可以改造，值得改造，这种改造可以受到外国文化的影响，却不是硬把外国东西移植过来。”这一以我为本的创造性转化充满艰辛，中国文学传统的现代性转化更是道阻且长，它要从核心处找到适用和提升当代写作的宝贵资源。

这些年文学界也一直在进行“回归传统”的努力：大踏步后退，章回体的实践，方言写作，回到最基本的市民生活，等等，但基本上流于形式，动不了文学的根本。

也许事情确乎如此，外国文学给我们当下的创作提供了极为重要的源头活水。当我们的作家在直面当下的生活，在正视我们最真实的内心时，可资利用的现代小说精神，可供实现最直接、最有效的自我表达的最顺手的叙事工具，如果它们来自外国文学，那我们必须承认，“狼奶”也是“奶”。当然，从我们自身的文学传统中寻找新的文学生长点的努力，同样需要持之以恒地进行下去，传统中必将有那么一部分，无比地契合在这个传统中生衍了千万年的中国读者与写作者。

4

2009年我写了篇文章《从一个蛋开始》，说不喜欢汉语中的卡夫卡，因为“他干、冷、硬，仿如偏执阴郁的骨骼和石头，至少对我这个不懂德语的读者来说，看中译本我本能地抗拒他的汉语表达。他的语言吃到嘴里硬邦邦的，咽下去很不舒服”。就这么两句话，在网上挨了一堆板砖，各种谩骂综合起来只有一个原因：竟敢说卡夫卡不好，你也配？事实是，这只是欲扬先抑，接下来我在文章中说：

我总想，他为什么就不能温润一点？为什么就不会笑一笑呢？我所见过的卡夫卡的照片，一例板着脸，拘谨和恐惧在上面结了冰。这当然只能是假设，如果他蓬勃温暖、放旷自如，卡夫卡就不再是卡夫卡了。

那些大师强迫症患者不管这些，板砖抡下来再说，更不管接下来我如何真诚地表达我对卡氏的理解与尊崇：

十年前我刚开始写作时，和所有的学徒一样饕餮大师。打眼我就知道卡夫卡不合我胃口，不过还是“咬牙切齿”地啃完了他的主要作品。我想知道一个阴郁的人如何写作，一个把小说带进“现代”之境的大师如何表达他的现代感。我相信我看出了卡夫卡的确在从事一种迥异于前人的文学，我也相信我的确从中汲取了诸多的营养，因为我当时和所有年轻人一样，习惯于把《变形记》《在流放地》《城堡》《诉讼》等名著深沉地挂在嘴上。我同样确信我的言必称卡夫卡不仅仅源于虚荣和卖弄，而是我看懂了——多么难看的小说我看懂了。这个恐惧的人、胆怯的人、内心极度敏感和脆弱的人，这个惶惶不可终日了无自信的人，这个无视浩大的生活只愿意钻进内心的地洞的人，我理解他的所作所为。一个人可以这样，内在的情感和故事逻辑对我没有障碍，我想，噢，这就是现代主义，从繁华、强硬、动荡和非理性的世界中退守到自我的渺茫卑微的个体中。所以，在向别人陈述卡夫卡时，我可以用比卡夫卡还要抽象的汉语来自圆其说。

看过了，我以为我懂了，而且不喜欢，于是很少重读。前段时间，一个偶然的机会我开始系统地重读卡夫卡，是那种一个字一个字的抠读，还是不喜欢，依然觉得他的汉语表达有着说不清道不明的别扭，缺少亲和力，但读之心惊，或者说，越发心惊。

年过三十，不再是围墙内心无挂碍的学生，一个人所可能面对的生活正逐渐完整地向我扑来，以不同的方式，凶猛如野兽。我突然要面临工作、家庭、亲人、朋友、领导、权威、体制、社会关系、欲望、发展、伸张、绝望、犹豫、决定、决绝，等等，其琐碎复杂和利害关系让我越发体会了一个人的无奈、惶恐和急欲隐遁的冲动。我意识到先前对卡夫卡的理解是多么浅薄，那不过是一个生活在生活之外的二十岁左右的年轻人照本宣科的理解，局限于文学之内，就事论事，是一种更接近于空对空的思维层面的游戏，缺少了与寄身的这个活生生的世界之间的张力，更少了一份与生活迎面时粗粝地摩擦和撕扯的切肤之痛。

二十岁时我更多地看见卡夫卡和他的人物，孤寂、惶恐、胆战心惊；三十岁之后我不仅看见伟大的作者和他的人物，更看见了他们面前咫尺之遥的黑黢黢的世界，庞大、高耸、连绵不绝。这个世界只需要沉默就可以让你喘不过来气，它黑暗、冷漠地压迫你，直到你承认了自己之小，直到你退守到消瘦的躯壳里、退守到在内心掘出的地洞里。

也许卡夫卡处之极端，一个人不必要如此惊慌失措地溃败，一个人有足够的理由强悍起来，像擎天巨柱一样与世界分庭抗礼。我相信，这世上不乏可以乾坤倒转的巨人，但我现在，更愿意在沉默和悲伤的时候把自己想象成卡夫卡和他笔下的人物，毕竟沉默和悲伤的时候更多，与天斗、与地斗、与人斗，我们连连失败。如果你面临挤压，如果你常常对生活束手无策，如果你所有的事都超乎寻常地难以完成，如果你伸出两只手却感到力气空空荡荡，你就可以真正地理解卡夫卡了。

这感觉多半发生在你独自面对世界之后，比如我，三十岁之后开始体会到断断续续的无力和虚弱。

而这样的文学大概也只会发生在20世纪及其以后，在一个卢梭痛恨的“文明世界”里，人可能会极其强大，人更可能极端脆弱。

写这篇文章是为了说明，影响你的写作的作家跟你喜欢的作家不是一码事。那年10月，在德国波恩大学我的小说朗诵会上，我被问及的问题之一是：喜欢哪些作家？这些作家在哪些方面影响了你的写作？我回答：我喜欢的作家，未必影响我的写作；而影响我的作家，我未必喜欢。比如德语作家卡夫卡，20世纪40年代以后，大概80%的作家都是他的门徒，他毫无疑问也深刻地影响了我，但我就是喜欢不起来。

面对外国文学和作家，这个问题你永远回避不掉。有一大串作家曾在不同阶段深刻地影响过我的写作。可能是他看待世界的眼光，可能是他的修辞和腔调，可能是他的一部小说，也可能仅仅是他的一个标题，或者就是一句话，甚至是这个作家的某段轶事。不管作家大小，不管事情大小，他在你的写作中就是强硬地留下了他的痕迹。比如上面提到的卡夫卡，在三十岁之后我读之心惊，仿佛在别人的镜子里看见了自己。他让我知道，我可以如此沉郁、艰深地去自我表达，因为他做出了典范；但他也同时告诫我，我更应该换一条路走，因为这条路上已经布满了他的脚印。我不喜欢他，但我身体里有一个卡夫卡。

这些年我喜欢过很多作家，也抛弃了很多作家。现在依然喜欢的，越来越少。有一次朋友问我，如何判断这种“喜欢”。我非常形而下地回答：“你急匆匆要去卫生间之前，顺手从书架上抽取的那个作家，通常就是你喜欢的作家；你顺手抽取的那本书，通常就是你喜欢的书。原因很简单，能被你‘顺手’的书，肯定是你没事就会翻的，翻完了上架，都在最‘顺手’的地方，以备下次‘顺手’。能被你一次次‘顺手’的，肯定是你‘顺眼’的，谁会在马桶上给自己找别扭。”我有一个书橱的最外面一层，在高及我下巴处，摆放的全是最“顺手”的书。有一天我检点了一下，这一大排书，风吹哪页我就可以读哪页，屡试不爽。

这些作家分别是：若泽·萨拉马戈、君特·格拉斯、胡安·鲁尔福、豪尔赫·路易斯·博尔赫斯、托马斯·曼、列夫·托尔斯泰、唐·德里罗、菲利普·罗斯、伊萨克·巴别尔、伊塔洛·卡尔维诺、威廉·福克纳、E.L.多克托罗、阿摩司·奥兹、爱德华•P.琼斯等。

5

与喜欢的作家和影响一个人写作的作家同等重要的，大概当属“经典”问题。对我这样的职业作家和读者来说，我只相信我一个人的外国文学的经典。

何谓经典？千百年来至少有一千种定义，每一种都很科学，但这还不够，随便问一个读者，他都会说出第一千零一种来。我完全理解这无数的一千零一种定义的真诚度和科学性——标准因人而异，个体有权也理应做自己的取舍：我喜欢，我选择；我选择，我喜欢。

这么说好像犯了相对主义的错误，因为“定义”这个东西通常要被“集体主义”，要整齐划一，要少数服从多数，最终成为唯一的或者唯少数几个放之四海而皆准的权威。比如，哈罗德·布鲁姆的《西方正典》传播以来，我们口头上的经典就逐渐局限在莎士比亚、但丁、乔叟、塞万提斯、歌德、卡夫卡、博尔赫斯和贝克特等人身上，余者都要深陷在“影响的焦虑”中不能自拔。被布鲁姆列入仙班的众位的确是大师中的大师，这个谁也无话可说；但大师是否到此为止，西方的正典是否就全在他之言论所及和书后漫长的附录里，我看不好说。

他看重的我未必就觉得一定好，他不喜欢的我常常生出想为他添上去的冲动。

当然，大可不必较真，这也是一个人的名单，布鲁姆不是上帝，允许他看走眼，也允许他看漏眼；所以，如果我真打算修正这位“西方传统中最有天赋、最具原创性和最具煽动性”的文学批评家，你也不必像见了暴民和反贼那样胆战心惊厉声断喝：“小子安敢！”我相信不管谁，包括布鲁姆本人，一一核对那串道路一样长的名单，也会想要去纠偏，因为想法会变，因为想法必须变，否则就意味着我们都没有往前走。

我们都随身带着一串经典的名单，我们也都在淘洗和更新这个名单，区别固然在名单上的出入，更在于淘洗和更新的标准的差异。多年前，我对外国文学经典的罗列方式与教科书同构，别人说什么好，我也就认为那好——如果不好，那为什么大家都说好？既然大家众口一词，我觉得有问题那一定是我的问题。权威的教育成功地培养了我的自省精神：凡事先挑自己的毛病。后来发现这自省不对，变了质，患了强迫症的自省本质上是自卑，是不自信。我就这么信不过自己？不是信不过，是没有能力相信自己——要从容坦荡地相信自己是多么困难。

我把标准简化成一个词。我只把对我的阅读和写作构成一下子难以企及和让我绝望的难度的作品与作家供进万神殿。我说的是“难以企及和让我绝望”的。阅读多年，从文多年，每个写作者心里都有一杆秤，好的坏的（个人意义上的）一目了然，有些作家和作品你知道假以时日，三五年、十余年，乃至穷极一生也学不来赶不上，我以为那就是经典。

有些作家和作品我不喜欢，永远也不会走那个路子，但我知道他们的好，设身处地地理解他们时，我依然觉得尽力而难以达到，他们也是经典。在个人的意义上，难度是相对的，因此经典也是相对的。因此，我的经典的名单变动不居，因为更新之快、变化之剧烈和反复无常，完全称得上动荡。

十多年前读书写作，但凡好一点的东西在我皆有难度，因为入门尚浅，看什么都是西洋景，都是花花世界，绝大多数作家和作品都远在想象力的尽头之外，所以基本上见了大个儿的就当神，见了神就拜。也正因为这个缘故，我才有惊人的耐心从英文字母A一直读到Z。我把经典的名单弄得繁复臃肿，囊括了有史以来大部分像样的作家和作品。然后读书日久写作日深，发现过去那些所谓的巨无霸很多其实也就是纸老虎，看着吓人而已；三五年过去，你未必就比他们差，已经不比他们差，至少作品中一度神秘莫测的部分在你已经了然于胸，你知道已经达到或者如何轻易地达到。这是残酷且快意的征程。眼见着一尊尊偶像迎来黄昏，眼见着他们崩毁倒掉消失不见，你会痛心——真的是痛心，否定偶像也意味着对过去的情感与判断的自我否定。

大规模的自我否定深重如死亡。当然也有快意，文学是角力场，不管如何美化，超越都是看不见硝烟的战斗，非关名利，而是创造本身——创造只能踩着别人的肩膀往上走，你上去了，就是胜利了，这个喜悦没必要遮遮掩掩；把那些传说中的仙尊请下神坛，让凡胎的归于凡胎，让装神弄鬼的归于巫婆与神汉，让你的文学世界玉宇清澄，这样的快乐也是清晰和深刻的。

仙班中自然也有反复。大神们上去了可以下来，下来了同样可能再上去。阅读和写作是个发现的过程，你以为你越过他了，若干年后带了另一番经验和阅历来重读，发现你远未穷尽，其中有新义存焉，甚至越看越多，那么他们会从尘埃里重新站起来，雄赳赳气昂昂地回到经典的名单里。可见，经典的名单是不固定的，一个人的小名单也动荡反复。

我曾尝试像布鲁姆那样强悍地列出一个人的外国文学经典名单，刚开头就发现不堪重负，我必须系统地重读之后才敢下笔，这简短的名单其实是一项复杂浩大的工程；我得从《嘉莉妹妹》《珍妮姑娘》和《复活》重新读起。

2013年12月9日

知春里

写给孩子

对未来保有美好的向往之重大与切要，
无论如何高估都不会过分。

一种面对美好和希望的成长才更健康。

给儿子的一封信

儿子：

想到要给你写一封信，爸爸一惊。有话不能当面说，可以电话或者微信：为了防止你走丢，我们给你买了电话手表；为了及时转给你老师发来的作业，我们也给你申请了微信。时代的发展日新月异，但是，这一次爸爸还是愿意用这种古典的方式跟你交流。给亲人写的信，叫“家书”。家书抵万金。足够慎重、庄严，白纸黑字是为了留下情感与时光的印痕。

这封信不是要跟你讲道理，而是想说一个你不曾听说的故事。

爸爸像你这么大时，差不多也就八岁，看了一本书——《小灵通漫游未来》。这本书很好玩，说离当时还有十几年的2000年，人类就可以在天上自由地飞了。坐在一种像汽车一样的飞行器里，想去哪里就去哪里，不用担心在天上撞车，因为两个飞行器相遇时，会自动礼让、错层，各自平安地走自己的路。也就是说，到了2000年，天上布满了一条条安全的道路，我们可以轻松自由地到世界上的任何地方去。

儿子，你想象不到这对爸爸有多大的吸引力。那时候爸爸和爷爷奶奶生活在贫瘠的乡村，家里最重要的交通工具是自行车。每年你爷爷奶奶都要骑自行车带我去看我的外婆——你的曾外祖母。外婆生活在另一个省份，我们要长途跋涉，一脚一脚把自行车蹬过去，很辛苦。那时候爸爸就想，要是能从天上飞过去就好了，然后读到了《小灵通漫游未来》。爸爸开始惦记上了书中的飞行器，开始数着日子盼望2000年早一点儿到来。

2000年终于到来，书中描写的飞行器漫天翱翔的盛况没有出现。爸爸一点儿都不遗憾。那时候爸爸已经是个成年人，常识和现实感告诉爸爸，这个结果再正常不过。爸爸知道，这就是一本科幻小说，它只负责提供一种关于未来的可能与想象，没有责任和义务把它们一一落实。但是，爸爸一直感谢这本书。它让爸爸在那些年先是坐自行车、后是自己骑自行车穿省过界的辛苦中得到慰藉和超脱：这一切终究会过去。有希望有盼头，什么苦难都能被克服。

它也让爸爸对时间有了深刻的概念。2000年早已经成为爸爸看待世界的一个最重要的时间节点。我在记述世界时，清晰地看见诸般往事如同果子结在树上一样，遵循时序分列在这个节点的两边，世界由此更加清晰，我由此展开回忆、想象和判断。此外，它更以文学的方式给爸爸承诺了一个美好的未来。对未来保有美好的向往之重大与切要，无论如何高估都不会过分。一种面对美好和希望的成长才更健康。

爸爸希望你能面对着美好与希望健康地成长，不管这美好与希望多大多小。事实上，人类发展到今天，美好与希望越来越大。如果说爸爸在你这个年龄时，飞行器满天飞还只能是科幻，那么就你而言，它已经成了指日可待的现实。你已经被电话手表、微信、平板电脑等一大堆高科技武装起来了。科技很重要，科技导引出的对世界和未来的美好想象更重要。

这也是爸爸决定以书信的方式跟你讲述一本书的故事的原因。在现实之外，在科技之外，文字和书籍才是更开阔自由的美好与想象的发源地。爸爸八岁时从一本书里发现了一个美好的2000年，爸爸也希望你在这一年及以后，能在一本本书中发现和享受到一个又一个更美好的未来。

2020年5月26日

安和园

01 故乡记忆

我喜欢想象一只鸟飞抵村庄上空，
我更喜欢想象一个人一步一步走到高处，
足够高，直到他把这个世界看清楚。

老屋记

2011年4月24日，在山东某地出差，因离家近，朋友顺道送我回了趟老家。家里正在翻盖房子，两层半的小楼已经完成了两层，钢筋水泥混凝土、红砖、脚手架，混乱得如同一场战争。因为楼顶刚浇铸水泥，要多晾几天，工人们暂时都散了，父亲带我爬上空荡荡的毛坯房的二楼。房子算不上高，但视野开阔，半个村庄都在眼里，陡然生出身轻如燕和豪迈之感。这两个感觉实在不搭界，但我踩着楼顶尚未抹平的水泥板，转着圈子把邻居们的院子看了一遍，生出的就是这感觉：想飞；钢筋水泥混凝土的楼顶很结实，有登高望远的豪迈。

这感觉从老屋里来。老屋在旁边，低矮的平房，红砖白瓦，为了给新房子腾地方，拆了一半，看上去悲伤破败，像一只折了翅膀的老母鸡。多少年里一家人就生活在老屋里，当然，那时候还不觉得它老，也不叫它老屋，我们在瓦房里出出进进，不认为它狭矮陈陋，我们过得喜气洋洋。那时候我还小，对世界充满最朴素的好奇，坐在院子里仰脸望天，整个村庄的人声和狗吠都拥到一个院子里，我想站到高处，看一看别人的生活是什么样子，看一看到了夏天的傍晚，他们是如何在院子里摆出一张桌子吃饭。但是院落低矮，除了爬到树顶，我只能坐井观天。我爬过很多树，可是村子里的树能有多高，到处又都是树，目光越过别人家的山墙就被枝叶挡住了，能见度太差。挂在树梢上整个人战战兢兢，感觉很不好，所以羡慕鸟，能飞上天，在某一个瞬间静止，一动不动。我想像一只鸟一样飞抵村庄上空，十万人家尽收眼底。后来看到电影和电视，知道了弄出浩大镜头的叫航拍，那时候我就希望像鸟一样航看我的村庄。因为我住在老屋里，在一个几千人的村庄，我们低矮，贴着地面生活，如同一枚棋子，被摁在了低海拔的角落里。当然，所有人都在自己低海拔的角落里。

只是我想看清楚，大家是如何生活在自己的角落里的。所以我想飞。我喜欢想象一只鸟飞抵村庄上空，我更喜欢想象一个人一步一步走到高处，足够高，直到他把这个世界看清楚。所以我想登高望远。这些念头没有微言大义，也无寓意更非寓言，就是一个贫乏的孩子对世界最微小的好奇心。

此后的很多年，我离家念书、工作，寒暑两季放假回家或是小住，不是钻进书本里不出来，就是火烧屁股一般转个身就走。也是待在老屋里，但全然没有了少年时的天真，自以为知道外面的世界也无非如此，也不再会对邻居家的院子和饭桌感兴趣。就算坐飞机经过村庄上空，我也不过是从舷窗往下看看，在千篇一律的村镇中挑一个可能是我故乡的位置，哦，那是我家——我家离机场只有十多公里，小时候每见到飞机经过头顶都要大喊：“飞机，停下！”那只鸟从虚构中飞走了，回到家我几乎再想不起要登高望远。

——但是现在，站在二楼粗糙的房坯上，我突然想起了那只鸟，想起了童年时我一个人的关键词：登高望远。现在，房子的确长高了；现在，房子长到二层，还要再长高半层。以我小时候的想象力，也许我曾经设想过有一天房子会做梦般地长高，但我肯定不会想到，真正站在长高了的房子上看村庄，究竟是什么感觉。

母亲一直不愿意盖新房子，老屋住着就很好，冬暖夏凉，主要是不必操心。嫁到我家三十多年里她参与盖了六次房子，搬家三年穷，何况造新家，穷怕了也累怕了。这几年但凡谁动议破旧立新，母亲都要历数六次里的穷困与操劳。在乡村，一穷二白的家境里屡建新居，和城里空着钱袋去买房的年轻人一样，都得勒紧裤腰带过日子。母亲掰着指头说：“你看，草房子盖了几间，瓦房盖了几间，半边草半边瓦的房子盖了几间。这样的房子我都经历过，只是每一间都是该款的绝唱，更穷困的生活我没过过。”有一年给大爷爷单独盖一间屋，我也跟在父亲后头脱土坯，给房梁上的父亲扔稻草，我满头满身的汗，我懂得黄泥里掺上多少河水和稻糠壳抹墙才最牢靠。有一年，从院子里长老槐树和果树的草房子里彻底搬进白瓦房，就是现在的老屋，我只有四五岁，把自己的小零件蚂蚁搬家似的往新屋子里运，光脚踩到了一枚图钉，一扎到底。因为疼痛，记忆从那枚清醒的图钉开始，蔓延到整只脚，然后是白瓦房和草屋子，然后是新旧两个院子，然后是新旧两个院子所属的两个时代的生活——过去的世界通过一枚图钉闪亮地咬合在一起。那是我关于这个世界最初完整的记忆，从此，大规模的记忆才开始和我的生活同步进行。在遗落了图钉的新的白瓦房里，我们家一住二十多年，直到把白瓦的颜色住灰，把新房子住旧，成了老屋；直住到这些年有了一点点钱的邻居们都把小瓦房砸了，原地盖起了雄伟敞亮的大屋子。

祖父说："没法活了，人家都住在咱们头顶上，喘不过来气。盖不盖？"

我说："盖。"

祖父说："怎么盖？"

我说："两层半。宜早不宜迟。"

前后左右的邻居们，眼见他起高楼，眼见他宴宾客，我们家成了峡谷，头顶只有院子大的四方的天。年过九十的祖父要强了一辈子，现在低头抬头都憋得慌。那就盖新的。我负责说服父母。二十多年的老房子，够本了，再住下去就成了危房；还有三五十年要活，新房子早晚要盖，好日子早过一天算一天，为什么不从现在开始？就为了夏天凉快点儿，也得翻新的，否则邻居们都立秋了，咱们家还在三伏天里没出来。母亲还犹豫，我向她保证，这是这辈子她盖的最后一次房子，咱们全用好材料。

母亲说："就算用金銮殿的材料，不还是得我和你爸操持？"

那天下午，我站在父母亲此生建造的最后一座房子的二楼上，在三十三岁这一年，终于在高处看遍了半个村庄，二十年的时光倏忽而逝。除了拿出一点儿钱，关于这座新房子我做的只是在电话里说了几次设想，嘱咐材料尽量用最好的；三个月之后回到家，我直接站到了二楼顶上。下一次再回来，我看见的将是一座祖父祖母和我父母这辈子住过的最完美的房子，他们把二楼朝阳的最大一个房间留给了我。

搬家的时候我不会在，从老屋到新楼，我其实希望自己能像四五岁的时候一样，蚂蚁似的一趟趟搬运；就算出现第二枚图钉也未必不是好事，踩上去，疼痛将贯穿我一生。这可能也是我在自己的村庄里建造的最后一座房子。

我从二楼下来，给祖父祖母买了烟酒和点心，陪他们说话，和父母吃了顿晚饭，就拎着行李去了机场。从下车到离开，在家一共待了四个小时。

2011年7月17日

知春里

最后一个货郎

待我披上衣服冲出院子，母亲却说，老张已经过去了。我是听到老张的拨浪锣声才急着起床的，往常这会儿早该起了，晴好的阳光漫进窗户总会及时惊醒我的双眼。今天是阴天，只能自然醒来。醒来了还赖在热被窝里，然后听到了老张的拨浪锣的声音，在浓阴的早晨里忽有一缕阳光出现一样明亮地响起来。老张又来了。为了看一看老张，我从床上跳起来。

母亲却说老张已经过去了。我跟着他的锣声跑过一条巷子，在巷子口看见他的侧影缓慢地从巷子那一头移进房子的墙角背后。他骑一辆三轮车，车上是一个用铁丝网做成的杂货箱，远远地看不清里面放着什么东西。他的右手把拨浪锣高高举过头顶，在阴冷的早晨摇出一串声响。

我有几年没见到老张，鸟枪换炮了，他把手推车换成了三轮车。母亲说，老张年纪大了，没力气侍候手推车，只好改三轮车了。还说，老张有几次走过我家门前，还问起过我，什么时候回来，他新进了几盒漂亮的彩糖。当然是开玩笑。他竟然还记得我，小的时候我死乞白赖地跟在他的小车后头要糖吃。

老张是个货郎，走乡串户少说也有二十年了。和别的货郎不同的是，他摇的不是拨浪鼓，而是拨浪锣，一个铁环中间拴住一面精致的小铜锣，多少年下来被摇得如同灿烂的黄金。如果说这些年家乡还是有些变化的话，其中之一便是一些乡间职业的垂危乃至消亡，比如货郎。我童年时期，街巷里每天都要走过好几个货郎，摇着鼓，敲着锣，推车的，挑担的，再后来是骑着自行车的。他们把针头线脑、铅笔小刀之类的小东西送到我们门前，填补生活中一些零碎的小缺憾。现在几乎绝迹了，母亲也说，除了老张，再也看不见货郎从村庄里经过了，都改行挣大钱了。

只有老张还坚持老本行，延续着货郎事业唯一的香火。他是离我们五里路的邻村人，他们那个村子太小，不及我们的一半，所以总是到我们的村庄里来做生意。那时候他还推着独轮车，车上也是铁丝网做成的货笼，糖果、梳子、方格子本子摆在底下，玩具、气泡、花线、头绳挂在铁网上，走起路来车子花花绿绿地摇摆。小孩子都喜欢他，一听到锣声就从屋子里、草堆后蜂拥而出，围着他的手推车转。为了诱惑我们掏出口袋里捂了很多天的贰分、伍分的硬币，他支起小马扎坐在车子前不懈地摇着小锣。叮叮当当的锣声敲得我们心里痒得难受，那里面可都是好东西啊。在我十岁以前的见识里，老张的货笼就是包罗天下的百宝箱，是一个缤纷绚烂的天堂，他会出其不意地拿出一件我们从未见过的小玩具。即使糖果也有很多种，圆如豆粒的彩糖，状

五年级在小学校的花园里

如宝塔的酸糖，还有一年难得吃上一次的奶糖。

小时候我狂热地喜欢老张货笼里的三样东西：彩色的糖豆、掼雷和塑料小枪。糖豆相对来说不是很值钱，一分钱可以买到两颗。但那时一分钱也不是说有就有的，口袋里最多装过两毛钱，藏在口袋里，手紧紧地攥着，手汗都快把那张毛绒绒的纸币浸烂了。上小学一年级时，要交三块七毛钱的学费，祖父把钱塞到我的口袋里后，我一直从外面捂住它，不是担心钱飞掉，而是想感觉一下那一叠钱的厚度和做富翁的滋味。我差不多以为自己是世界上最有钱的人了。我们没钱到供销社大商店里去买糖果，那里的柜台太高，踮起脚也只能看见柜台上矗立的巨大的酱油桶和白酒坛子。大商店里有很多美好的味道搅在一起，新出厂的橡胶鞋味、酱油味、白酒味，还有大商店里特有的稍稍刺鼻的清凉的甜味，那主要是糖果的味道。我们在柜台外面转来转去，大口地呼吸，直到售货员的两道眉毛在柜台上方高高地耸起，我们才赶紧逃掉。拍着口袋里的两分钱，发誓一定要找到老张痛快地花出去。

两分钱买到了五颗糖豆。是老张照顾我，伙伴们都看出来了，老张喜欢我，常常在我没钱时也会给我一两颗糖豆，条件是我得弯腿拧胳膊，或者是动耳朵和头皮给他看。我有一些伙伴们没有的特长，这些特长为我从老张那里赢来了不少糖豆。我可以在身体站直了的时候两腿在膝盖处向后弧度很大地弯曲，像一张拉倒了的满弓，弯几次老张就给我一颗糖豆。然后我开始拧胳膊。我把手面向上按在货笼上，胳膊弯向外转，肘部完全转到了后面，胳膊像麻花似的兜了一个圈子。再是绷紧脸上的肌肉，让耳朵和头皮在糖果面前激动地抖起来。我得到了糖豆，吃了一颗，其余的分给同伴。老张也该走了，拍着我的肩膀说："以后别弯腿了，弯出了毛病长大就当不成兵了。"我最后没有当兵，腿也没弯出毛病，因为长大以后我的腿再也无法像小时候那样向后开弓了。我站直了。而老张也只是嘴上说说，下次见了我仍然拿出几颗糖豆换取我弯腿的动作。

十几年前，我有一个缺乏玩具的童年。变形金刚之类的东西是在到了县城读高中时才听说的，那会儿城里的孩子已经玩腻了，早不知把它丢到哪个角落里。我的玩具都来自树上和地下，树枝削成的刀枪和泥巴捏成的坦克。最奢侈的，就是老张独轮车里的掼雷和塑料小枪。掼雷现在大概已经从这个世界上消失了，但那个时候每一个掼雷响起时都为我们带来了一个盛大的节日。我们向往鞭炮的雷鸣和惊响，可惜那东西只在过年时才能过上一把瘾，平时从不单卖，大商店里也不会因为一两分钱把鞭炮一个个拆下来零卖。但老张可以，他的掼雷可以散卖，不要点火，只需用力往地上猛地掼一下，火光之后迸出巨响和沙子，还有好闻的火药味久久不散。我们的零钱除了换来一些糖豆，其余的多半被摔到了地上，以享受一声声让我们惊叫狂欢的爆炸。

奢侈莫如塑料小枪。掌心大小，一根橡皮筋做牵引，可以装进砂子和黄豆作子弹。我们很长时间的奋斗目标就是那把塑料小枪，瘦弱单薄却要卖三毛钱。何其巨大的数目，我们口袋里的钱离那把小枪远得让人绝望。可以捡玻璃卖，也可以割老鼠尾巴卖，老张提供了友好的建议。遵照老张的指示，我们充满革命的热情去挣钱了。结果还算让人满意，我们捡到了玻璃，也捉到了老鼠，总算凑足了三毛钱。我期待老张的锣声早一点儿响起，常常在半夜里从床上坐起，迷迷怔怔就要往外跑，父母问我干什么，我说去买小枪，老张来了。

老张当然来了，可是塑料小枪卖光了。他免费送给我几个掼雷，答应过两天就去进货，一定给我留一个最好的，用黄豆作子弹也能射出十米以上。老张是否失约我已经记不清了，只记得十二岁那年我去了离家十里的镇上念中学时，我仍然没有一把自己的塑料小枪。我对它念念不忘，从一个同学手中高价买了一把。没有我想象的那么美好，绿豆装进去都射不过十米，“子弹”在半路上就跌跌撞撞地落到了地上。

出门以后我回家的时间就越来越少了，寒暑假里也会听到老张的锣声穿过巷子，但实在想不起有什么东西要买，就让他过去了。货郎渐渐少了，老张的锣声也跟着稀了，他有更多的地方要走。

读大学的一个暑假，我站在院门前发呆，听到了老张的锣声从后面的巷子向我家走过来。我对母亲说，老张来了，又说，现在老张越来越少了。母亲对我的说法颇感奇怪，什么叫老张越来越少，老张不是只有一个么。我恍然，这么多年的疑问终于有了答案。村庄里的人都叫他老张，我以为这“老张”就是对货郎的称呼。我们这地方常有怪异的称谓，这当然是我离开故乡之后才发现的。多年来我时常琢磨“老张”到底是哪一个“zhang”呢？在探究“zhang”字时，我总是想到他们手中的拨浪鼓和拨浪锣，我以为它们在方言里被总称为一个什么“zhang”。原来只是大家对老张的尊称。

他的年纪的确不小了，当他把多年前的独轮车推到我面前时，我的确应该以“老张”来尊他了。老张说：“小东西，回来啦？”我说：“回来了。老张，还有塑料小枪没有？”老张笑了，满脸皱纹，牙都缺了两个，长年推车，车绊把肩都压弯了。“早没那东西了，谁还玩那个？”他说，“都玩电动的了。”他也知道现在的孩子都在玩电动手枪。我看了一下他的苍老的货笼，说实话，所有东西加起来大概也买不到一把电动手枪玩具。

“生意怎么样?”我问老张，“别人都不干了。”

“不干这干什么?”他说，“走了一辈子了，闲在家里就浑身难受，走到哪天算哪天，图个痛快。”

已经没有多少人需要他的杂货了，孩子们也懒得围上去转圈子。如果说他们对老张还有一点儿兴趣，那也是受着锣声的吸引，没有小孩再像我们小时候那样，迫切地需要一两颗糖豆来安慰贫乏的生活了，尽管他们也和我一样称他为“老张”。我看着老张弓腰推着独轮车，步履老迈而又缓慢，也许独轮车期望能在某一家门前停下来，但是所有人家的大门都紧闭，他们不需要他的商品。老张一路推着车子没有停下，没有停下的还有他的拨浪锣，孤独地响到巷子深处。

如今他把独轮车换成了三轮车。走不动了，还是不愿停下，三轮车对一个老人来说要安稳、省力得多。听说老张现在并不缺钱，儿孙辈的孩子送给他足以颐养天年的所需，老伴很早就去世了，孤身一人的日子应该比较好过。他不愿意，还是每天早出晚归，慢悠悠地骑着变成了他的双腿的三轮车，一整天都在摇着他的拨浪锣。他不想停下，他知道自己一生的道路该怎样走到头。

人老了对生命和死亡的看法会变。七十岁后，祖母突然热衷于谈论死亡。之前有二十年她对此毫不关心，每过一天都当成是赚来的，一年到头活得兴兴冲冲，里里外外地忙，不愿意闲下来。这二十年的旷达源于一场差点儿送命的病患。五十岁时，医生在我祖母的肺部发现了可疑的阴影，反复查验，尽管好几家医院都说不清楚这阴影究竟是个什么东西，但结论惊人地相似。当时正值寒冬，马上到春节，医生们说："回家准备后事吧，过不了这个年。"一家人抱头痛哭之后，把家里所有的钱都拿出来，又借上一部分，决定再跑一家医院。去的是大城市的一家军队医院，在遥远的海边。其实也不远，一百里路，但对一个一辈子生活在方圆五公里内的乡村女人来说，那基本上等于天尽头。我祖母有生以来第一次看见了大城市，有楼有车，马路上的人都有黑色的牛皮鞋穿，她觉得来到了天堂里，死也值了。她做好了准备。可是医生在经过繁复的检查之后，告诉我们家人：尽管没查出明确的毛病，但应该也不至于死，回家好好活，活到哪儿算哪儿。

等于从鬼门关前走一遭又回来，祖母满心再生的放松和欣喜，决定遵照最后一个医生的嘱咐：活到哪儿算哪儿。就活到了七十岁。七十岁的时候身体依然很好，好得仿佛死亡的威胁从没降临过。这个时候，祖母突然开始谈论死亡。那时候我念中学和大学，每年只在节假日才回家，一回来祖母就跟我说，在我不在家的这些天，谁谁谁死了，谁谁谁又死了。白纸黑字，好像她心里有本录鬼簿。祖母不识字，也不会抽象和逻辑地谈论死亡，她只说一些神神道道的感觉。有阵风过去，她就说，有人死了。一块黑云挡住太阳，她就说，谁要生病了。满天的星星里有一颗突然划过夜空，她就说，某某得准备后事了。有一年暑假我在家，祖母坐在藤椅上觉得浑身发冷，她跟我说，这一回得多走几个人了。

的确，年纪大一点儿的老人经常会约好了一起死，七十五岁的这个刚埋下地，七十四岁的那个就跟上去了。一死就一串子。过去我不曾在意过。到祖母七十多岁开始不厌其烦地谈论死亡时，我才发现，在乡村，死亡真的像一场瘟疫，开了一个头，总会一个接上一个。所以祖母说，你看巷子里的风都大了。她的意思是，人少了，没个挡头，风就可以越来越肆无忌惮地满村乱跑了。祖母在七十多岁的某一年，开始抽烟、喝酒。过去活得劲头十足，每天都像过年，现在要把每天都当年来过。七十多岁了，祖母还是很忙，但动作和节奏明显慢下来，从堂屋到厨房都要比过去多走好几步，往藤椅上一坐，经常一时半会儿起不来。她肯定很清楚那把老藤椅对于她的意义，所以经常擦拭和修补；她坐在藤椅里慢悠悠地抽烟，目光悠远地对我讲村里已经发生的、正在发生的和将要发生的死亡。

现在想起祖母，头一个出现在我脑海里的形象就是祖母坐在藤椅里抽烟。祖母瘦小，老了以后又瘦回成了个孩子，藤椅对她已经显得相当空旷了。她把一只胳膊搭在椅子上，一只手夹着烟，如果假牙从嘴里拿出来，吸烟时整个脸都缩在了皱纹里。除了冬天，另外三个季节藤椅上都会挂着一把苍蝇拍，抽两口烟她就挥一下苍蝇拍。有时候能打死很多苍蝇和蚊子，有时候什么都打不到。这个造型又保持了二十年；也就是说，从祖母热衷于谈论死亡开始，时光飞逝中无数人死掉了，祖母在连绵的死亡叙述中又活了二十年。

临近九十岁的这几年，祖母每天都会有一阵子犯糊涂。除了我，所有半个月内没见的人她都可能认不出来。即使是我，她最疼爱的唯一的孙子，有一次在电话里也没能辨出我的声音。我在北京，隔着千山万水跟她说了很多嘘寒问暖的话。然后她放下电话，跟我姑妈说，刚才有个男的打来电话，让我多喝水，多吃点东西，谁啊？

还有一个重大变化，祖母不再谈论死亡。烟还继续抽，酒也照样喝，一天里有越来越多的时间坐在藤椅里，偶尔挥动苍蝇拍，话也越来越少。死亡重新变成一件无足轻重的事。

因为间歇性的糊涂，我们经常把她的沉默也当成病症之一，看她安详地坐在藤椅里，不忍去打扰。只有等祖母想要说话了，我们才陪她聊一聊。祖母开始谈论各种节日和节气，往欢欣鼓舞上谈。这个我能跟她老人家谈得来。土节、洋节，各种稀奇古怪的节日，我基本上都知道一点儿，传统的二十四节气也能扯上几句。我还不识字的时候，《二十四节气歌》和一些农谚就会背了，这大概是大多数乡村知识分子家庭里的孩子都要经历的最早的知识启蒙。不过启蒙完了也就完了，跟土地渐行渐远，与乡村为数不多的联系之一，也仅是靠着那点儿童子功，能把二十四节气有口无心地顺溜地背下来了。祖母在谈论这些节气时像回到了二十年前，而一旦回忆起在这些节气中的个人史，祖母思路之清晰，简直就是回到了四十年前。某年某节，某件事发生了。某年某节，某个人如何了。她用她为数不多的清醒时光回忆了九十年里的各种节日和节气。

“那个时候，”祖母说，“我就想活到过年。”

我明白。医生当时断言，她过不了年。“都过去的事了，奶奶。”

“现在不想了。过了年也就那样。”

祖母的口气里有一个胜利者在。但她对春节还是相当看重。实际上是最看重，在她的数点里，一生中最大的事情不少都发生在这个天寒地冻的日子里。因为过年的时候一家人总要团聚在一起，一夜连双岁，是终点也是起点。

但祖母去世在冬至的那一天：她完全是掐着点儿要在那天离开人世。这当然是我们事后的推断和发现。

是我们迷信吗？祖母能决定自己的死亡？我们一直在怀疑，但不得不承认，从祖母决定不再进食开始，她的确就一直在掰着手指头数。冬至前的半个月，祖母从藤椅上下来，经过走廊前的台阶时摔倒了，摔裂了右脚踝骨。就算对一位九十岁的老人来说，这也不算多大的伤。对祖母来说更算不了什么。在之前的五年里，因为股骨头坏死，祖母相继动过两次大手术，第一次植入了人造的左股骨，第二次植入了人造的右股骨。换了两根骨头，祖母依然能够拄着拐杖到处走。

脚踝骨骨裂无须大惊小怪。不过伤筋动骨一百天，需要耐心。照理治疗，上药，石膏，夹板，修养。祖母枯瘦，医生建议给祖母打点滴消炎和补充能量，以利于恢复。这个建议很好，祖母在医院里静脉注射了几天药水，出院后回到家，某个早上突然决定不再进食。祖母自己的决定。祖母多年来一直是过于有主张的人，说一不二。开始还愿意喝点儿粥，两天后，一个米粒都不进，只喝稀汤，然后稀汤和牛奶也不喝，只喝白开水，很快连白开水也不愿大口喝，只能过一会儿喂一汤匙，润润喉舌。12月的天已经很冷，祖母躺在床上，你把她两只胳膊放进被子里，她就拿出来，两手交叉，闭着眼，缓慢地扳动手指头，不说话，只是一遍遍数手指头。给她打点滴更不答应，连着针头一起拔了扔掉。不吃，不治，闭着眼数手指头，数得越来越慢。直到某一天，手指头不再数了，很长时间才能艰难地睁一次眼。祖母不再说话，除了嗓子里偶尔经过的痰音，再也没有说过一句话。

一大早我还躺在北京的床上，母亲打来电话，说祖母可能要不行了，抬头纹都放平了。乡村里的死亡有一套自己的伦理和秩序，抬头纹放平了意味着是眼瞅着的事。我赶紧往机场跑，回到家，祖母躺在床上，睁了半只眼看了看我，接着又把眼睛闭上。我不知道这一次她老人家是否认出她的孙子来。祖母没吭声，再也没吭过一声。

接下来是残忍却无奈何的漫长的守候过程。漫长是指那个煎熬的过程，残忍也指的是那个煎熬的过程，你知道她在奔赴死亡，你知道无法救助，你还得眼睁睁地看着她的生命一寸寸地从她的身体上消失。这种守候完全是一种谋杀。一天过去，一夜过去；又一天过去，到晚上，祖母早已经神志不清，你知道缓慢的死亡对她也是煎熬，但你也得顺其自然。先是胳膊不再动，然后是腿不再动；祖母偶尔转动一下脖子的时候，九十三岁的祖父经过祖母身边（这也是在他们共同的生活中，最后一次经过祖母身边，其余时间祖父把自己关在房间，一个人悲伤和回忆），祖父说：

“她要等到十二点。”

十二点就是半夜，零点，是新一天的开始。被祖父说中了，十二点左右，祖母突然挺了一下身体，不动了。再没有比那夜更漫长的夜晚。

的确没有比那夜更长的夜晚。那天是冬至。那一天太阳光直射南回归线，北半球全年白天最短，黑夜最长。那一天在北方，是数九寒天的第一天，明天会比今天更冷。

我们的哭声响起。祖父在房间里说：“这日子她选得好。”

是不是祖父都知道？他们在一起生活了七十年。祖父说：“这一天要吃饺子，要给祖先烧纸上坟，这一天要当成年来过。”我知道往年冬至也要吃饺子、上坟，但从不知道这节气有祖父这一次语气里的隆重。

安葬了祖母，我查阅相关资料：这一天，“阴极之至，阳气始生”，古时它是计算二十四节气的起点，也是岁之计算的起讫点；这一天如此重要，仅次于新年，所以又称“亚年”；民间常说，“冬至大如年”，“大冬如大年”。

祖母过了年，也到了冬，圆满了。愿她在天之灵安息。

2014年3月13日

知春里1804

野游

我的家乡不是一个富庶的地方，每到农闲时节，总有大批的青壮年男子离别妻儿和家庭，到外面的世界去赚钱。因为缺少买卖的资本，他们往往不能去做一些生意，也缺乏冒险和闯荡的经验，所以又怯于加入涌向南方沿海的打工潮去淘金。但是却有着用不完的气力和耗不尽的精神。有力量的常去做建筑工人，墙上墙下地跑；精力充沛的，就去干些野外的营生，比如捉黄鳝、网龙虾、捉黄鼠狼。这些都须在空旷的田野里作业，围着草边湖畔巡回游荡，十天半月不归家。他们由此蓄养了素朴的野性，成了一群野游的汉子。

因为读书和工作，我已经很久不能在家乡长住了，总是匆匆地去来。而且近年来家乡起了不小的变化，对野游的汉子我也颇为生疏了，心底里只存着他们豪爽和精力旺盛的形象。

前些日子我回家乡，在路上又遇到一群野游的汉子。一行九人，都是三四十岁的模样，拦着车要坐。司机开价每人十元，他们不愿意，坚持只付八元，生意最终没能谈成。司机临开车时骂了一句：“去死吧！”一个年轻的汉子笑嘻嘻地说：“死不了的。”拍拍卷起的泥裤腿，和其他几人推着破破烂烂的自行车又上路了。

这是当天回我家乡的最后一班车，错过这个村就没这个店了。但是他们还是走了，这意味着他们又将在野外过上一夜，随便的哪棵大树底下，哪片茅草丛边，在潮湿的土地上铺一张磨破的草席，蜷曲着身子，裹一条床单抵御露水和蚊虫，甚至连枕头都没有。

我不知道他们放弃这班车是否是因为多年以后他们变得计较金钱了？为了省下两元钱而甘愿露宿野地；但我却知道，他们有些东西没变，他们还可以这么打发无数个有露水和蚊虫的夜晚，当然也可以根本不需要躺下就打发掉几天几夜，他们的这种能力没有变，像天地之间活跃的一头头的兽，习惯于如此过活。他们随遇而安，停住脚的地方就是家。而我不行，坐在车上我猜想，假如汽车把我抛在这个不村不店的地方，满目的荒草和泥水就足以让我惊惧以至嚎哭，连回家的路都找不到。事实上我们很多人都不行，破坏了一日三餐和按时睡眠的规律，我们将不知道怎样才能活下去。

祖父的早晨

一大早，他坐在秋风里。门前有两棵白杨，左边一棵，右边一棵。他倚着左边那棵的树干，坐在一个拴着藤条的小马扎上。杨树叶跟着秋风在地上转圈子，转来转去都堆到他面前，把他的两只脚埋了进去。吱呀一声门响，他心头一亮，转过脸看从门后伸出来的那个头。孙子扶着门连打了三个哈欠，问他："爷爷，你坐在这里干什么？"他说："没干什么。年纪大了睡不着，过来坐坐。"他和儿子一家分开住，两个院子，有什么事要转过一个街角才能来到儿子的门前。孙子把门打开，让他进屋坐，外头风凉，要吹出毛病的。他说没有什么，在风里都活了七八十年了，就想坐坐，贴着门坐坐。孙子在门前站了一会儿，说："爷爷，那我回去收拾了。"

他安静地坐在门前，他也不知道自己想干什么。鸡叫头遍的时候他就醒了，怎么也睡不着。

他就睁着眼听黑暗里的风声，风像一面面旗子从窗户外快速地飘过。之前他做了一夜的梦，一辈子也没做过这么多的梦。他梦见孙子一下一下地长大，一个梦里长大一次，连孙子刚生下来的模样都梦到了。这梦真是好，他清醒的时候曾花了整整半天时间都没能想起光溜溜的小生命是如何哭出第一声的。梦太多了，断断续续的，像竹子似的一节一节地从睡眠里长出来。竹梢让他难过，他梦见孙子被火车带跑了。火车跑得太快，他来不及喊一声，铁轨又太长，遥遥的看不见尽头，他梦见孙子被火车载向了没有尽头的远方。然后就醒了，翻来覆去地想那辆无限奔跑下去的火车。

从鸡叫第二遍起，他在门前一直坐到现在，老想着自己是不是丢了什么东西，摊开树叶仔细找找，什么都没找到。来来回回找了好几次，后来不再找了。什么东西都一样，找了三次都找不到，就不要再找了。就这样坐坐吧，也蛮好。儿子和媳妇从屋子里出来，让爹到里面坐，外头凉，担心冻坏了爹。他把手插在袖笼里，哑着嗓子说："我就坐坐。你们忙，多给带几件衣服，还有吃的。"

秋天的早晨总是阴沉沉的，所有的早晨都像要下雨。树叶还在堆积，一片两片地往他脚上爬。他坐在小马扎上慢慢地安下心来，坐得很稳，风吹不动他。就是脸和手有些干，摸上去沙沙响，像白杨树上剥落的皮。孙子端着热腾腾的饭碗走到他跟前，说："爷爷，吃饭了。"他看看孙子，心里也热腾腾地煮起了面。"不饿，"他说，"我就坐坐。快点儿吃，别误了火车。"孙子没办法，只好自己吃，吃饭的时候他伸头看祖父，他还端端正正地坐在那里，像个小学生，袖着的双手平放在并拢的膝盖上。

孙子收拾好了，提着行李从屋子里走出来，身后跟着爹妈。"爷爷，我走了，你在意身体呀，天凉了。”孙子说。他扶着白杨树站起来，怎么站都站不直，只好弓着腰双手背在身后，右手拎着马扎。他说：“走吧，走吧。”跟在他们后面一起往前走。巷子窄窄的，雨天留下的车辙把路面切成了条条块块，沟沟坎坎里积满了碎草和干结的牛粪渣。一路都有树叶贴着地走，一直走到巷子尽头。儿子和媳妇喋喋不休地叮嘱他们的儿子，两个人争着说。他听不清他们在说什么，他们说得实在太多了。他跟在他们后面慢慢走，小马扎一下一下拍打着身体。他低头看地上孙子留下的脚印，把自己的也放上去，发现小多了，这个发现让他安妥了很多。他听到孙子在说话，孙子说：“别送了，回吧。”

他没说话，四处看看，找了一块平整的地方把马扎放好，撑着膝盖坐下。孙子又说：“爷，回吧。”他说：“你走你的，我就坐坐。坐坐。”他的目光跟着落叶继续往前走，走上眼前的大道，这条路宽敞漫长，通往村外遥远的看不见的地方。他眯起眼努力往前看，心想这路是要通向火车站的，当然越远越好。他又听到自己重复了一遍刚才的话：“坐坐，我就坐坐。”

风吹一生

天真的冷了，连风也受不了了，半夜三更敲打我的窗户，它们想进来。这种节奏的敲打声我熟悉，这些风一定是从我家乡来的。所有的风都来自北方的野地和村庄，我家在城市的北面。我掀开窗帘，看到风在闪烁不定的霓虹灯里东躲西藏，它们对此十分陌生。风的认识里只有光秃秃的树，野火烧光的草，路边的草堆，孩子们头上的乱发和整个村庄老人的一生。风不认识城市的路，一定是谁告诉了它们我在这里，才会爬到五楼来找我。

城市里没有风声，没有歪脖子树和草堆供它们存活下去。它们远道而来是为了唤一个人回去，是唤我吧，我已经很长时间没回家了。我从床上起来，打开北向的窗户，黑暗阔大的北风滚滚而来，像旗帜和黄沙一样悬在城市的半空，只等着我从钢筋水泥的一块堡垒里伸出头来，与我面对面，告诉我一些风中的人的消息。

我家乡的人生活在风里。离家的那天，一大早我就看见祖父坐在门口的小马扎上。天色灰沉清冷，秋天的早上永远是一副将要下雨的模样。风很大，地上的杨树叶子转着圈堆到祖父的鞋子上。我对祖父说，进屋吧，外面冷。祖父说没事，不冷，都在风里活了一辈子了。然后问我坐火车还是汽车。我说火车。这个问题他已经问了好几遍了。祖父自语地把火车重复了一遍，说他夜里也梦见我坐的火车了，跑得太快，怎么叫都停不下来，他就是过来看看，我是不是已经被火车带走了。我让祖父进屋吃早饭，他也不肯，只想坐坐，守在门口的风里。那个早上我离开了家，到了一个远离家乡的城市。祖父拎着小马扎跟在我后面穿过巷子，风卷起的尘土擦着裤脚。我说巷子里风大，回去吧。祖父说你走你的，他想在巷子头坐坐。然后就放下小马扎坐在了路边上。村庄坐落在野地里，村前村后都是麦地，麦地上的风毫无阻碍地从村南刮到村北，沿村庄中心宽阔的土路，一次次宽阔地刮过。我走了很远回过头，还看见祖父坐在风里，面对着我的背影，被风刮得有点儿抖。

祖父老了。风吹进了他的身体。当风吹进了一个人的身体里时，他就老了。二十多年来，我目睹了来来去去的风如何改变了一个人。我记事时起，祖父一直骑着自行车带我去镇上赶集，五天一次，先在集市边上的小吃摊坐下，吃逐渐涨价的油煎包子，然后到菜市旁边的空地上看小人书，风送过来青菜和肉的味道。那时候祖父骑车很稳健，再大的风也吹不倒。有风的时候我躲在祖父身后，贴着他的脊背，只能感到风像一场大水流过我抓着祖父衣服的手。长大了，自己也能骑车了，少年心性，车子骑得飞快，在去姑妈家的路上远远地甩下了祖父。我停在桥头上，看见祖父顶着风吃力地蹬车。祖父骑车的速度从此慢了下去。有一天祖父从外面回来，向我们抱怨村边的路太差，除了石子就是车辙和牛蹄印。祖父说，风怎么突然就大了呢，车头都抓不稳了。但是谁都没有在意。

从菜地回家的路上，我遇到祖父从镇上回来，第一次看见祖父骑着车子在风里摇摇晃晃。祖父不经意间被风吹歪了。其实野地上的所有东西都被风吹歪过，有的会歪上一辈子，像房后的那棵桑树，一场风之后再也没能直起腰来；有的歪过一段时间慢慢又把自己扶直了。只有人是被风渐渐吹歪的，人歪了以后就会一直歪下去，别指望能重新站直。风只会在人无法再站直的时候把你吹歪。祖父不再骑自行车了，我们担心他出事，不让他骑。他被风彻底地从车上吹了下来。不能骑车之后，祖父走到哪儿都拎着一个小马扎，他终于意识到很难再在风中站直了，风也不会让他长久地站在一个地方。风强迫他坐上了马扎。

一个人就这样被风吹老了。风逐渐穿过人的身体，吹走了黑发留下白头，吹干了皮肤留下皱纹，最后吹松了血肉，留下一把老骨头。这时候风又为人指明了另一个去处。

我相信最终是风把人给打发掉的。多少年来，我的村庄一直有个奇怪的现象，老人们去世总是一批一批走，很少有哪个人是独自上路的。在第一个人离开的时候，村里人就知道又一场死亡之风降临了，从年老体弱的开始盘算，每个人对村庄都有一笔小账。果然是一个接着一个，三五个老人相互陪伴着上路。一段时间内，村庄里哭声不绝，锣鼓声悲，野地里飘满了纸钱。他们出生在同一场风里，活在同一场风里，又被同一场风刮到了另一个世界。

我说过，城市里没有风，所有的风都来自野地和村庄。因为没有谁像野地里的孩子那样依赖风才能生长，尽管，也许同样是几十年前的那场风又回过头，把他送到了另外一个地方。风是我们见过最多的东西。我一直跟着一阵风向前走，走着走着就长大了。那阵风始于十几年前，我一个人从家里出来，很小，走远了就找不到回来的路。我追过无数个旋风，那些旋风像底朝下的斗笠那样大，像陀螺一样不停地往前跑。太阳落到了村庄西面的白杨树后头，我出了门就遇上了它。旋风不紧不慢地穿过巷子，然后左拐上了中心路，一路上旋起了泥土、稻草叶子和干松的牛粪渣子。这是我见过的最为优雅的旋风，不张扬也不会让你忽略。我一直跟在它后面，我想看看它到底有多大的耐心。很多旋风都是走了几步就找不到了。它沿着中心路一直向南。我很奇怪一路上竟没遇上一个人，甚至连狗叫声和小孩的哭声都没听到。我们经过了药房、供销社大商店和南湖桥边的两棵老柳树。刚上了南湖桥，旋风突然不见了，我以为桥面上布满石子，它过不去了，没想到几秒钟之后它出现在桥的南边，已经过了桥。过了桥是南湖的麦地。天色暗淡，我要费力才能盯紧它。我们在布满干枯坚硬的车辙的田间路上继续向前。我记不得走了多长时间，它突然拐进了一块麦地不见了，没有任何先兆。我想它会出来的，就站在路边等，但是眼前只是一片绿得发黑的麦苗。

夜晚的另一场风来了，因为冷我才发现自己站在田野里。周围一个人都没有，连条狗都没有。我觉得像在做梦，记不起是如何一步一步走到这里来的。恐惧和黑暗一起围在我身边，我哭了，找不到回家的路了。现在当我一点一点地接近十几年前，我逐渐看清了一个站在麦地边上哭泣的男孩，他的身边是巨大的黑暗和风声。然后看到供销社大商店的售货员，后来我一直叫他“消炎丁”的邻村人锁上了大门，骑一辆老式“永久”牌自行车上了南湖桥。是“消炎丁”把我送回了家。我被旋风带上的那条路是他回家的必经之路。

回家以后母亲告诉我，每一个旋风都是一个死去的人的灵魂，它们常常来到村里拐带不听话的小孩。以后要听话，不能踩它们，也不能跟着它们到处乱跑。我不是很相信，因为没有一个旋风曾经把我拐跑过。我常常会想起那些大大小小的追旋风的经历，尤其忘不了那一次。此后的日子里我知道了，一个人走路时要用心，记住回家的路，到了黑暗的旷野中不要站在原地，更不应该哭泣。读书之后我就不再追旋风了，但隐隐觉得其实还是在跟着一场更持久的旋风向前走，从村庄走到了城市。这场旋风的形态我难以描述，也不清楚它是否已经拐到了另一个地方。我只知道，我在城市看不到风。城市里填满了高楼大厦和霓虹灯，缺少空旷的土地供它们生息。孩子们不需要旋风，有仿真的电动玩具引领他们成长；长大之后坐在了空调房间里，没有风也能活下去；至于老人，使他们衰老的，是岁月和他们自己。

母亲的牙齿

小时候我总担心母亲丢了，或者被人冒名顶替。每次母亲出门前，我都盯着她牙上的一个小黑点看，看仔细了，要是母亲走丢了，或者谁变了花样来冒充她，我就找这个小黑点，找到小黑点就找到了母亲。那小黑点是两颗牙齿之间极小的洞，笑的时候会露出来。我们生活在一个村庄里，念高中之前，除了偶尔走亲戚，我的活动范围只在方圆五公里以内。五公里处是镇上，我常跟爷爷去赶集。世界对我来说就这么大，所以世界外面的世界对我来说就很大，大到我不知道有多大，大到想起来我就两眼一抹黑，心生恐惧，大到每次母亲出门我都担心她会在无穷大的世界里走丢了。

母亲每年要去一两次外婆家。外婆离我家也就四五十公里，但因为跨了省，让我倍觉遥远；即使不跨省，四五十公里也不是个小数目，走丢个人不成问题。所以我担心。母亲出门前我就盯着她牙上的小黑点看，努力记忆到最完整全面，一旦该回来时母亲没回来，我就到世界上去找她；如果回来的是另外一个人，就算她长得和母亲极像，我也要看她牙上的小黑点在不在。

过年前母亲也常出门，卖对联。很长时间里我家都不太宽裕，为补贴家用，爷爷每年秋后就开始写对联，积攒到春节前让母亲带到集市上去卖，换个年前年后的零花钱。我爷爷私塾出身，教过很多年书，写一手好字，长久不写也怕荒废，所以秋后闲下来，买红纸调焦墨，一门门对联开始写。十里八乡集市很多，年前的十来天里，每天母亲都得往外跑。年集总是非常拥挤，去晚了占不到好地势；天亮得又迟，早上母亲骑自行车出门时天都是黑的，冷飕飕的星星和月亮在头顶上。我不必起那么早，但如果醒了，我都要在被窝里伸出脑袋看母亲的牙，那个小黑点。到晚上，天黑得也早，暮色一上来我就开始紧张，一遍遍朝巷口望。如果比正常回来时间迟，我和姐姐就一直往村西头的大路上走，母亲都是从那条路上回来。迎到了，即使在晚上我也看得清那是母亲，不过我还是要装作不经意，用手电筒照一下她的牙，我要确保那个小黑点在。

很多年后我常想起那个小黑点，我对它的信任竟如此确凿和莫名其妙。那时候我不会告诉任何人，担心说破了，小黑点也可以被伪造；我确信只有我一个人注意到它，它是证明一个人是母亲的最可靠、最隐秘的证据。我的确从来没有告诉过别人。

后来我年岁渐长，事情完全调了个个儿，总在出门的是我，念书、工作、出差，到地球的另外一些地方去，而母亲却是常年待在了家里，小黑点陪着她也常年待在家里。她不必再卖对联，去外婆家可以搭车，去和回都可以遵循严格的时间表，不必再经受安全和未知的考验——我离我的村庄越来越远，进入世界越来越深；我明白一个人的消失和被篡改与替换，不会那么偶然与轻易，甚至持此念头都十分可笑；但是每次回家和出门，我依然都要盯着那个黑点看一看，然后头脑里闪过小时候的那个念头：这的确是母亲。成了习惯。

与此同时，母亲开始担心我在外面的安全和生活。我在哪里读书、工作或者出差，她就开始关注哪里的天气和新闻，一有风吹草动就给我打电话，最近如何如何，要当心。在国外也是。那些这辈子她都不会去的国家，那些此前半生她都没听说过的城市，母亲都尽力在电视上搜索它们的消息，只要见到一个和她儿子此行有关的信息，眼睛和耳朵就会立马警醒起来。过去，电视里所有絮絮叨叨的新闻节目她都要跳过去，现在养成了看新闻和天气预报的习惯；我在国内她就关注国内，我在国外她就关注国外。我在美国中部的一个小城市待几天，她连白宫的新闻也顺带关心上了。我不知道她是否像我小时候那样，需要牙齿上的小黑点来确认一个人的身份，不过可以肯定的是，相比于儿子担心母亲，母亲总是更担心儿子。我同样可以肯定，在母亲的后半生里，我和姐姐将会占满她几乎全部的思绪。

我长大了，那个小黑点也跟着长，我念大学时，黑点已经蔓延了母亲的半颗牙齿，中间部分空了，成了龋齿。我不再需要通过一颗牙齿来确认自己的母亲，我只是总看到它，每次回家都发现它好像长大了一点儿。我跟母亲说，要不拔掉它换一颗。母亲不换，不耽误吃不耽误喝，换它干吗？乡村世界里的一切事情似乎都可以将就，母亲秉持这个通用的生活观；我似乎也是，至少回到乡村时，我觉得一切都可以不必太较真，过得去就行。于是每年看到黑点在长大，一年一年看到也就看到了，如此而已。

前两年某一天回家，突然发现母亲变了，我在母亲脸上看来看去：黑点不在了，换成一颗完好无损的牙齿。母亲说，那颗牙从黑洞处断掉，实在没法再用，找牙医拔了后补了新的。黑点不在，隐秘的证据就不在了，不过能换颗新的毕竟是好事。只是牙医技术欠佳，牙齿的大小和镶嵌的位置与其他牙齿不那么和谐，在众多牙齿里它比黑点还醒目。我说，找个好牙医换颗更好的吧。母亲还是那句话，这样挺好，不耽误吃不耽误喝，换它干吗？能将就的她依然要将就。别的可以凑合，但这颗牙齿我不打算让母亲凑合。它的确不合适。我在想，哪一天在家待的时间足够长，我带母亲去医院；既然黑点不在了，应该由一颗和黑点一样完美的牙齿来代替它。

2010年10月10日

奥马哈

一座桥

从落成到废弃，四十年间都没有一个正式的名字。我们随口叫它“后河桥”，因为河在村后，桥在河上。当初落成时是个什么模样，我不知道，那时我还没有出生。即使参与建造的匠人也记不起来了，双手扶起的建筑和日子一样多，谁记得一座普普通通的河上桥呢？但我知道四十年后它的模样。已经没有人再从上面经过了。通往田地的道路几年前重新整修，渡河的责任落到邻近的另一座高大的水泥桥上。而它低矮，大青石上只能堆积厚厚的黄土。它破败不堪，桥断路也断。过了桥上岸是一片瓜地，偷瓜的小孩也只能一跳一跳地从后河桥上谨慎地通过，那一处一处坍塌的土石，置在河水的边缘，像年迈的老人坐卧在阳光里，守着过去繁华的记忆，等待有朝一日河水也远离了它，记忆也抛弃了它。

尽管低矮，桥还是有它热闹的过去的。

我的有关后河桥的记忆始于一场大水。在我们那里有如此大水实属罕见。说水大，也仅仅是那个夏季水漫过了桥，到达幼小的我膝盖的高度。水把泥土全卷了起来，一派混沌。我随姐姐去菜园里割韭菜，两人循着过去的感觉，试探着在看不见桥面的深水里拉着手向前走。桥上来来往往的都是喜气洋洋的人们，谁见过这样的大水？一个个都穿着小裤衩，拎着渔网，兴奋地从这头走到那头，盯着桥面和离桥更远的地方，希望有一条鱼能跳起来落进网里。我清楚地记得一条大鱼跃出了十几年前的后河水面，我看见了，是一条大青鱼。很多人都看见了，他们一起往鱼跃出的地方扑去，然后一块儿倒进鱼消失的地方的深水里。

后来水落下去了，辣辣的阳光把泥泞的桥面烘干了。我跟着姐姐去桥边的青石上洗衣服。应该是为了一条花手绢吧。母亲说，谁洗了就归谁。我很少用手绢，但是喜欢手绢上的图案。所以当姐姐从盆里拿出那条手绢准备洗时，我一把将它夺了过来。我来洗，我在对面的一块青石上说。姐姐不让，她早就梦想能够拥有一条属于自己的手绢。姐姐猛地伸手到对面去抓，我闪了她一下，姐姐就钻到水里去了。科学的说法是她控制不住自己的惯性了。我为此得意，但过了一会儿还不见姐姐露出水面，我急了，大声喊叫在桥那边捶衣服的人。一个本家的堂哥立即跳进水里，摸索了半天，才在桥洞里把姐姐给拉出来。救上来后，她好久没能说话，睁开眼后，突然放声大哭。堂哥说，让她哭吧，哭完了就不委屈、不害怕了。后来姐姐告诉我，她其实很想从水里出来的，可是水位太高，头触到桥面的石板也找不到空气，姐姐说她怕极了，因为到处都是水，让人晕晕乎乎的。

再后来水就干了。村里决定把水抽干捞鱼。河底见淤泥的那天我也去了，实际上我每天都去，放了学背上书包就去。如果运气好可以捡到一条鱼，运气不好也可以看看抽水机怎样把水喝下去又吐出来，看看穿一身皮衣服的年轻人在及腰深的淤泥里跋涉，身子前倾，不像走倒像爬。

那天我见到了一条大鲇鱼，孤零零地躺在桥洞里的石板间。石板上长满了青苔，绒绒的凉湿滑腻。为了不让别人发现，我坐在一块大青石上，垂下的双腿恰好可以遮住那个藏鱼的洞。直到没有人注意这边时，我才跳下桥，伸手去抓那条鱼。可是鱼身上覆满黏液，根本抓不住。我急得能听见自己轰隆隆的心跳声。焦急和祈祷都帮不上忙。我被一个叫东方的小孩推到了一边，愣愣地看着他把手指抠进鱼鳃，稳稳地拎起它，跳上桥跑回家了。这是我整个童年第一次捉鱼，惊险而无所得。常常想起这事时都要笑，不就是将手指抠进鱼鳃里嘛，可是我当时不懂这一点。

如今我也看了二十多年的后河桥，它老了，瘫痪了，破败了，几乎被人遗忘。后河的水变得浑浊肮脏，再没有人抱着木盆去桥边捶衣服了。通往田地的路也断了，再没有人想着要走过后河桥。后河桥在我家屋子后不远，连母亲也很少对我说，后河桥怎么样了。还能时时想起它的，大约也就是那些曾把童年遗落在桥边的人如我者，还有现在正在成长，时时觊觎对岸的瓜地的一群偷瓜的小孩。

这个冬天我又来到后河桥上。到处是没落的遗迹，残缺不全。让我惊心的是两行车辙印，峻峭艰深，碾起的泥泞翻卷在两边，坚硬如铁。因为前面又坍塌了一处，这车辙只剩下了掐头去尾的一个片段。不知道是哪年的辙印，大约也没人能够记起来。它像这座苍老的后河桥的一个断章。哪一天连这辙印也被风雨销蚀了，后河桥也许就消亡了，不再是桥，只是一堆纠缠在一起的青石和泥土。

书多了未必是件好事，现在我常常要对着满架的书发愁。不仅架子满了，桌子上也满了，头从书桌上抬起来，才看见一个人的脑袋。高高堆起来的书摇摇欲坠，让我在抬头的那一瞬间发晕。什么时候买了这么多书？什么时候我又能看完这么多书？没书的日子里眼巴巴地想书，想到了的都来了，两眼开始发直了。什么时候开始，读书开始丧失了快乐？那些书籍短缺的岁月，我的阅读不是这样，那时候还小，快乐得一塌糊涂。

我的文学启蒙很迟，小时候家里的书少，除了学校发的课本，平常阅读最多的是《半月谈》和《中国老年》，都是我祖父订阅的。现在想来，这对一个孩子是多么的不合适，但是当时我还是得到了莫大的快乐。开始像点儿样的必要的儿童阅读，只能是课本。那些课文大多忘记了，剩下的，因为各种原因才记住，比如安徒生的童话《卖火柴的小女孩》。

事实上我是用耳朵阅读了这个童话。小学时开学校的联欢会，一个恒定不变的节目就是朗诵《卖火柴的小女孩》。朗诵的是一个姓李的男老师，大家都说他的普通话好。那时候身边没人说普通话，上课老师用的也是方言，听到有人当面说普通话，我的脸有时会莫名其妙地变红。同学们说，李老师要朗诵了，我们就把腰杆挺直了，心里有点儿慌。李老师果然讲普通话，现在我想不起他是否字正腔圆，但他讲的是普通话是没问题的，和平常说话完全不一样。李老师朗诵时转过身，他被卖火柴的小女孩感动了，满眼的泪光。老师都感动了，我们当然不在话下，一个个钻进故事里出不来，都眼泪汪汪的，脆弱的女生哭出了声。李老师的朗诵把校长也感动得直鼓掌。校长说，李老师的朗诵要作为联欢会的保留节目，每年都上，让大家接受教育。的确如此，每年我都听到这个朗诵，每年都眼泪汪汪，它让我第一次感受到了文学的力量。对我来说，李老师因为《卖火柴的小女孩》，和安徒生一样不朽。

我的小学时代有点混沌，对童话这种文体十分不明白，只是觉得好玩。五年级时，班上风传一本丢了封面的书，讲的是一个名叫小灵通的怪小孩，在2000年到处都遇到好玩的事。看了都说好，抢着看。拥有这本书的同学因此很拽，脸仰起来看我们。要看此书者，必须不遗余力地巴结他。本来我是不喜欢巴结别人的，对传来传去的书也不以为然，不就一本书嘛，又不是天书。没想到这书比天书还好看。我在课间顺便瞅了邻桌几眼，他在看，就是这个，一看就上了瘾。小灵通竟然能开着飞机似的东西到处跑，又跑到海边看轮船。这些都是我做梦想看到的东西。我歪着头一直看到上课。一节课心不安宁，想看，想得身上发痒。我得巴结那个同学了。放学了，我很不好意思地说："我们一起回家吧。"事实上我和他根本不是一条路。但我陪着他，实际上就是把他送到家。他要进家门了，我红着脸提出了借书的请求。他的脸立马仰起来，俯视我，当然，最后总算借给我了。现在书里具体内容我已经不记得了，就记得好看，一路看到家。我的勤奋让母亲狠狠地吃了一惊，走路都看书，这孩子变了。我看了两遍，从没看过这么好玩的书。因为这本书，我觉得那个同学的凉鞋看着都顺眼，也想母亲给我买。这个心愿一年以后才实现，穿到脚上发现，不过尔尔。那本书就是《小灵通漫游未来》，叶永烈著。我给很多小孩推荐过，看看小灵通吧，推荐的时候，完全忘了现在已经过了书中所说的2000年；而在现在，我们还不能像小灵通那样驾驶飞艇到处跑，再多也不会相撞。

《快乐王子》是王尔德的，前些时候买了他的全集，又翻到了这个小童话。多年后再读，终于看到了快乐王子眼中的贫穷、苦难和爱。多年前还小，常常会浮想联翩，要是能成为一只燕子，应该是一件不错的事。这里看看那里看看，虽然鸟的眼睛小，看得却比人宽广，世界的一角被一只燕子掀起来，露出了真相。快乐王子也不错，站得高看得远，披金挂银，眼睛都是宝石玛瑙，阳光一照，除了光，还是光。可惜最后倒塌了，燕子也死了，伤心。现在的伤心完全不同了，不再是一个东西消失的伤心，是王尔德的伤心。

《少年文艺》是初中时接触到的，在学校难得开一次门的阅览室里。整个初中三年我只进去过两次，进去了就看到这本杂志，上海的。南京的大开本《少年文艺》是高中见到的，也是在阅览室里，那时候阅览室开放的频率高了，连着上海的《少年文艺》一起看。难得的两次阅读使我对这本杂志念念不忘，莫名其妙地喜欢。念了高中后，我把能找到的《少年文艺》都看了，不管南京的还是上海的。然后开始想写东西，一点儿小诗，还有散文什么的，尤其小说，高二时写第一部小说前，我把阅览室里的《少年文艺》里的小说又找出来看了一遍，以便找到榜样和信心。做了好几年《少年文艺》的读者，念大学时的一篇文章终于在南京的《少年文艺》上发表，总觉得算是了了心愿，至于什么时候萌生的这心愿，完全不记得了。而与《少年文艺》的关系，也逐渐疏远了。

很多人问过我，现在写小说是不是因为小时候启蒙工作做得好？完全不是，正儿八经的儿童读物我多半是后来弥补上的。比如郑渊洁的童话，我高二才开始读。真是疯狂地喜欢。家里给的生活费省下来，每期必买，同时逐期往前买，把过期的郑渊洁的《童话大王》一本本收集起来。高二、高三两年，积累了一摞。不包括被数学老师收缴的那些。我偏科很严重，从高中就开始不喜欢数学，上数学课就走神，看了郑渊洁的《童话大王》以后更走神。高二的数学老师是个年轻的女教师，喜欢点学号末尾是6的学生回答问题。我是36号，几乎每节课都要遭殃，她喜欢提问，我喜欢在数学课上看《童话大王》，她提问我总是听不见，完全被童话迷住了。她就生气，一气就收我的《童话大王》。收了我也不敢要，如果她老人家现在还常常回想当年，一定会在记忆的某处发现《童话大王》，这些杂志是一个不听话的学生上课走神的罪证。

去年的六一儿童节前后，我在书店里瞎逛，先后碰到了两个孩子问售货员同一本书——曹文轩先生的《草房子》，都是小学生。我觉得他们很幸福，这么小就能看到《草房子》这样优秀的儿童小说。这部小说的好，在中国当代文学里已是不争的事实，它的纯净和美，越来越让变质的成人世界汗颜。“感动他们的，应是道义的力量、情感的力量、智慧的力量和美的力量，而这一切是永在的”（曹文轩先生语）。事实上，感动的不仅是孩子。我在二十多岁的时候读了这部小说，它让我对过去的很多认识产生了怀疑。我看到了过去所坚持的、所欣赏的，竟有那么多的问题，它们不同程度地远离了质朴、纯美、清静和安宁；我以为那些有力量的，其实是虚弱的，我以为的所得，其实是错过和失去。古人说“澡雪精神”，大约就是这样。

又一个儿童的节日要到了，我“倚老卖小”的检点让我发现，一个人不是一下子长大的，都曾有过漫长的年少时光。当然，如果其间的阅读是快乐的，年少的时光就不会太漫长，它会变短，像青蛙的三级跳，从一本快乐的书跳到另一本好玩的书，跳到又一本美好的书，三跳两跳就到了现在。

2004年5月24日

在北大万柳

放牛记

记忆很不可靠，现在我想在过往的时间里标出某事的起始点时，经常茫然，前头是省略号，后头还得是省略号，仿佛事情的确是无始无终。我现在就想不起我何时开始了放牛娃的生涯，又在哪一天彻底结束了这种生活。能想起来的就是一个囫囵的感觉，比如，我很小就羡慕那些吆喝牛马的孩子，觉得他们是豪放粗犷的英雄。他们身上有种野的东西，而我只是个温顺的可怜虫，身上被家人强加了众多文明和规矩。我总是衣裤整齐，指甲干净，不剃光头，站在他们身边像个走亲戚的陌生人。我不喜欢这些。我想和他们一样，只穿一条小裤衩，光着上身和脚，晒成黑铁蛋，坐在光溜溜的水牛背上挥舞自制的长鞭，雄赳赳气昂昂地向野地里进发。能够大喊大叫，可以随地撒尿，无视课堂和作业，遇到仇人要打的架一个都不落下，轻易就能滚出来一身泥。我想当个野孩子，但是我既没有马也没有牛，没有牛马就没理由一个人往野地里跑，所以，很早我就怂恿父亲买一头牛。

我家的确需要一头牛。父亲是医生，农忙时经常搭不上手；祖父祖母年纪大了，体力活儿也帮不上忙；我和姐姐都小，还要念书；十亩田都要母亲一个人对付，运粮食时都没个帮手。父亲决定买牛，哪怕只用来拉车。草料我们不缺，每年稻草都烧不完；切草的铡刀也有，生产队分单干那年我替家里抓阄，抓到的就是一头铡刀。

买牛的那天我记得，你能想象我的激动。在下午，我和父亲去两里外的邻村牵牛，已经提前谈好了价。在邻村的中心路边，我头一次见到锯木厂，在一间大屋里，电锯冲开木料的声音在午后的热空气里格外尖利，几乎能看见那声音在闪耀着银光。我停下来看阴影里的锯木厂，横七竖八堆满了木料，新鲜的木头味道和锯末一起飞溅出来。圆形的锯片发出陡峭的寒光，如此之大，过去一直困惑的问题终于有了答案，这样的电锯足可以把无穷粗无穷长的木头都给切开。之前我总为大树担心，为木匠担心，那么粗的木头该如何才能锯成薄板啊。

那头牛离锯木厂不远。那个人家的屋子也很大，两头牛站在屋子的阴影里。一头庞大的老牛，某年牛棚遭了大火，后背上的皮被烧裂了，红中泛白，看上去像凌乱的刀口，有点儿吓人。那头小母牛还小，吃奶的时候还要哼哼唧唧地叫，长得憨厚天真，我很喜欢。主人是个中年男人，说："回去调教半年，就能干活。"他给小牛结了一个简单的辔头，缰绳递给我们，对着肉滚滚的牛屁股拍了一巴掌，我们就把牛牵出了门。现在我们成了主人。

小牛屁颠屁颠地跟着我们走，出了村才感觉不对，开始茫然地叫，表情如同迷途的小孩，但缰绳在我父亲手里，回不了头，只好一路侧着身子走，拧巴着被牵到我家。父亲提前给它盖好了牛棚，置了钢筋水泥新铸的牛槽。这一路走得我兴奋又纠结，想牵不敢，只能偶尔抓抓父亲手边的缰绳头；偶尔偷袭似的摸它一下，摸完了赶紧撤，怕它踢。当然后来我知道，再没有比水牛更驯顺的动物了。

我经历了把一头小牛训练成壮劳力的全过程。换辔头，套车，驾辕，用声音和缰绳指挥行止，扎鼻眼，犁地，耙地。几年以后，我基本上成了老把式，可以一个人铡草、套车、驾辕，运送满满一车的粮食走在窄路上。我知道它回头看我是什么意思，知道它抬尾巴摇屁股是要拉屎还是撒尿。当然，这对我来说是副产品，我想说的还是放牛。

在大多数苦情戏的叙述中，放牛娃都是颗苦大仇深的种子，生活如此艰苦，童年如此惨痛，你看他整天放牛。我曾把放牛的生活看得相当美好：在当时，放牛部分地满足了我的少年英雄梦，让一个必须规整地生活的少年有了一个旁逸斜出的机会——大部分人最终还是按照路线图过了一辈子。就算现在，我具备了足够的反思与自省能力，我也不认为整天和一头牛走在野地里是件苦差事，相反，我以为那是我少年时代最快乐的生活之一。那是一个放松的、空旷的狂欢时代，虽然也不乏腹诽和厌倦。

因为放牛如同工作，不能想上班就上，不想上就扔了不管，但有时候你真想扔掉不管。放牛都在夏天，放了暑假我才有时间。三伏天的午后太阳高悬，蚂蚁都被晒蒙了，晕晕乎乎爬出的全是曲线；如果要去远处找水草丰茂的地方，那我就得早早地从午睡中爬起来，戴上草帽出门。牛蹄踏在焦黄的泥土上，腾起一团团的烟尘，整条路像铺了一层炒面。我直犯困，遇到树阴就不想再动，尤其经过河边，看那些戏水的同伴，你真觉得放牛实在是个负担。出门早未必能回来早，牛边吃边拉，看着它的肚子总是瘪的你会很着急，你要赶着回来看电视，某个动画片或者武打连续剧已经开始了。那时候有电视机的没几家，我要到隔条巷子的邻居家看，上百人聚在他们家院子里像看露天电影，去迟了站的地方都难找。但我还得等它慢悠悠地吃，直到它开始把精力放到苍蝇和牛虻身上，蹄子、尾巴都忙起来时，那差不多饱了，可以打道回府。让人烦的还有一个，大雨天。这不是放牛的好时候，但牛出不去你得出去割草，干不干活你都得让它每天吃饱；家里也备了干草，只是大夏天的芳草萋萋，你不让它吃新鲜的，不人道也不牛道。还是得穿雨衣戴斗笠挎篮子割草去。漫天雨雾，汤汤水水的野地里就你一个人，蹲在草丛里形同消失，像我这种动不动就悲观的人，常常会觉得自己被这个世界遗弃了，那感觉也不太好。

不过这样的时候毕竟少，英雄主义的少年时代总体上是乐观向上的——放牛的确是件好玩的事。野地自由，有种无所事事的、透明的自然与放松的感觉。放牛通常是集体行动，几个放牛娃排成队伍往村外走，大家都坐在牛背上，屁股底下垫条麻袋。水牛走起来浑身都在动，骑牛更像坐轿子。后面的人打前面的牛屁股，一头跟着一头跑起来，六七头牛，都在撅着屁股跑，那队伍看起来很壮观。牛一跑，大肚子就扑扇扑扇地抖，活像巨大的鱼鳃在鼓鼓瘪瘪地呼吸。如果你是新手，最好抓住缰绳，夹紧两腿，能抱住牛脖子更好，否则你会觉得是坐在一个跳动的地球仪上，随时可能掉下去。有天黄昏，牧童晚归，我骑在牛背上慢悠悠往家走，有人对着牛屁股猛拍一巴掌，受了惊的牛撅起屁股就跑，我手里还抱着自己做的一支竹笛在专心地找音，连缰绳都没抓，牛一屁股把我送到了右前方的水沟里，半个脑袋扎进了淤泥。水牛极少有如此激烈的行为。我家养过的几头牛中，最激烈者就是第一头，也只有一次，那会儿它刚来我家不久。

刚离开母亲，它整天哼唧，再好的草也是吃几口就抬起头四下看，像无助的孩子发呆走神。那个黄昏我们从野地往回走，突然它就狂奔起来，缰绳缠在我手上，拖着我也跟着跑。很难想象一头水牛能跑那么快，很快我就脚步踉跄，接着摔倒，我不想放开缰绳，在地上被拖了好几米，胳膊膝盖都磨破了，然后我松开了缰绳。那时候我刚放牛不久，担心它跑丢了，爬起来揉着伤痛跟在后面追。它一直跑，在两里路外的地方停下来。我追上它时，它正围着一头母牛转圈子，东嗅嗅西闻闻，圈子越转越慢，最后停下来，伸长脖子对着虚空的远方悲哀地叫起来。母牛的主人跟我说：找错妈了。远远地它以为两里外的母牛是它妈。认错妈的事还有几次，但都很温和。见到体态雍容的母牛就凑上去，闻着味儿不对，也就自觉地站到一边，哼几声聊以安慰。这几次之后，它就不再找妈妈，不知道是彻底绝望了还是情感自立了。

我向往牧童生活，显然是把这事理想化了。比如，我和所有人一样，想象牧童要在牛背上吹笛子。的确很多放牛娃在牛背上吹笛子，因为方便，因为有大把的时间需要挥霍，因为你要用另外一种可靠的声音来消磨漫长的寂寞。笛子大概是所有乐器里最朴实易得的，不讲究，找截竹子挖出几个眼，不吹时随手可以别在腰里，也好学，盯紧了那几个眼就行。不像钢琴、小提琴（这两样在我放牛的时候都没见过真身），高雅，啰唆，反正我缺少背负小提琴放牛的想象力；就算唢呐，这最民间、最朴素的乐器，拿在一个放牛娃手里也奢侈了，价钱高不说，喇叭头太大，哨子也过于娇气，一不小心弄裂了，那声音出来还不如不出。三十年来，我笛子吹得最好的就是和牛在一起的时候。后来我离家出门念书，巨大的课业压力让我整个暑假都得抱着书本，牛还在而牧童歇业了，笛子我几乎再没摸过，现在可能连音都找不到了。那时候我在牛背上吹，牛吃草时我躺在野地里吹，那声音没准很像一回事。

如果真要找一点儿和别的放牛伙伴的不同，可能就是我放牛经常带本书。课本或者小说。很多武侠小说都是在坟地里看的。乱坟岗子里草好，把缰绳缠到牛角上让它们自己吃去，我们找个形状合适的坟堆，铺上麻袋就着坟势躺下来，跷起二郎腿。想睡觉的睡觉，想唱歌的唱歌，想发呆的发呆，我想看书，从兜里拽出一本武侠小说来。清风徐来，头顶有松树遮阴，天上流云飞动，此时看武侠，几等于尘嚣坐忘，那一个白衣飘飘的侠义世界美不胜收——大虚乃是大实，大无中有大有。

父亲对此很不满意，这么好的时光怎么能看武侠呢，挑好的看，古诗文。我带到野地里的就变成了《唐诗三百首》《千家诗》等书，也有祖父订阅的《中国老年》上的一些父亲认为好的旧体诗。那时候记忆力好，背书从来不是问题，现在差不多全就着稀饭喝下肚了，能记起来的也多半上句不接下句。在长文中，唯一还能全文背诵的，只有《岳阳楼记》。因为父亲觉得这文章好，他也能哗啦哗啦背出一大串来。

但事情就是这样，一旦成了任务，再好玩的也会无趣，放牛时背书对我成了折磨。随后我牵牛出门，希望口袋里空空荡荡，放牛就是放牛。可是，放牛没法只是放牛，我还想骑马。关于放牛时骑马，我在一篇叫《奔马》的短篇小说里写过。在那个小说里，放牛的是我，骑了马的那个“黄豆芽”其实也是我。因为牛比马慢，因为马比牛高大、漂亮、洋气，放马的同伴总觉得跟咱们不是一个阶级，一高兴就不带我们玩，一不高兴也不带我们玩。因为跑得快，他们可以去找最好的草吃；哪个地方有个风吹草动，他们打马就去了，等我们的牛哼哧哼哧赶到，热闹已经结束，他们趾高气扬地高踞马背回来了。他们可以去偷西瓜、桑葚，看瓜看果的人永远不可能追上。最关键的是，他们可以到公路上和汽车赛跑。不需要马鞍，他们的屁股像长在马背上一样牢靠，风鼓荡起马鬃和他们扣子掉光了的褂子，传说中英雄的造型，要多拉风有多拉风。我们骑在土得掉渣的牛背上，只能流口水。

作为一个骑马爱好者，我想尽办法和他们换马骑。也许，一个牧童的英雄梦不仅在于你和一头牛走进空旷的野地，还在于你有机会从牛背上转移到马背上。事实上，在几年的牧童生涯中，我骑马没超过十次，我是说以那种接近英雄的造型端坐马上，我没法感到自己很拉风。和牛相比，马让我恐惧，可能是因为有一次我坐在邻居家的马背上，还没准备好它就四蹄生风，在打麦场上跨越一个矮草垛时，它前腿着地时把我扔到了地上，两个大蹄子贴着我的肋骨跳过去。稍有差池，我亲爱的肋骨、肚皮和内脏不知道会以怎样暴烈的形式平摊在这个世界上。现在想来，我还觉得后脑勺和肚皮上同时凉风飕飕的。

如果非要给我的放牛生涯找一个遗憾，那就是没有痛快地在马背上当一回“英雄”。我猜所有的放牛娃可能都希望在马背上实现自己的“英雄梦”，因为牛跟马如此接近，区别又如此巨大。除了“英雄梦”，我以为放牛给了我一个几近完美的少年时代，放松，自由，融入在野地里，跟自然和大地曾经如此贴近。我在放牛时没能让自己成为一个野孩子，或者说没能成为我希望的那样的野孩子，不知道这个结果是好还是坏。往事总在回忆时被赋予意义，在放牛这个经历上，我更愿意就事论事，返回到当年的心境里，看一看当时的悲欢和忧乐。

念书日久，离家越远，再当不上放牛娃了。记不得哪一年，假期回家，牛棚里只剩下那个水泥牛槽，我很喜欢的那头牛卧在槽边死去了。再一个假期回家，牛棚也不在了，母亲说，牛槽送人了。

我家再不养牛。

2011年7月26日

知春里

夜里做梦，梦见了一阵阵的饥饿。很奇妙，饥饿像个抽象的东西，在梦境里忽远忽近地招引我，我梦见自己坐起身来，胃里伸出了一双想望的手。饥饿终于叫醒了我。清醒后茫然若失，肚子里还是鼓鼓的，一点儿都不想吃。早上我跟母亲说，我梦见我饿了。母亲说，大过年的，哪天不是吃到嗓子眼，还饿。我想也是，一个梦而已。就忘了。

除夕那天去看姑妈，骑自行车出门向南走。多少年了，中心路以南的地方我很少去，现在姑妈搬了家，我不得不经过那里。我懒洋洋地走，四处张望，落满阳光的地方若干年前我都曾熟悉，甚至很熟悉，像家一样。诊所，不在了，空旷的院子在太阳下。幼儿园，孩子们都放假了，半开的大门后面看见半截滑梯和几件晾晒的衣服，看门人在一件衣服背后大声地咳嗽，吐痰。

接着是人家，红的瓦房，白的瓦房，凌乱的小院和即将过年的喧嚷。有钱的推倒了瓦房，建了两层小楼，一家过去，另一家还是，鼻子通红的小孩站在楼梯口看我，他们一定把我当成了陌生人。然后是一个更大的院子，院墙破落，从锈坏的铁门里可以看见满地的荒草，被风雪打得枯黄泛白，现在还在风里摇摆。风有点儿大，一根根拉弯了它们的腰，风经过荒草像走在水上。院子前是一排矮小的白瓦房，红砖白瓦。我突然记起了梦见的饥饿，想起了在梦里它其实是有味道的，清甜，还有点儿刺鼻的香味。我想起来了，这是大商店的味道，多少年前我最喜欢的味道，那时候我还小，它总能引起我无穷无尽的饥饿。这排房子就是大商店。我撑着脚停在路上，扭头看见了大商店。门窗都不见了，只剩下一个个黑乎乎的洞，边角粗糙，一截截断砖露在外面。他们拆掉门窗的时候下手太潦草。麻雀从房顶上跳下来，转一圈就从那些黑洞里钻进去，里面更黑，阳光再好我也看不见里面的东西。里面也不会再有东西了，只剩下一排矮小的空房子。

它竟然这么小。多少年前我一度以为这是世界上最大的房子，它比当时的民房要大很多，而且中间没有隔离，看起来就是一间大房子，宽敞的空间从东头一直拉到西头。我们都叫它大商店，因为它是当时我们那地方最大的商店，也是周围几个村庄里最大的商店。在1989年我到镇上读中学之前，这里是我最向往的地方。念小学的时候，我在一本没有封面的书上看到了“天堂”这个词，我就以为，如果这世上真有天堂，那就应该是我们的大商店。

1989年我十一岁，这之前我的生活很少超过这个村庄。我以为大商店里什么都有，一个人哪怕活上两辈子，里面的东西也绰绰有余。让我想一下1984年的大商店，那一年我六岁，开始读小学一年级。大商店恰好在去学校的路上，几乎每天我都能到大商店里转上一圈。店里的营业员换过好几个，无一例外都喜欢开东门，西门一年到头锁着。天堂的门槛很高，要爬上一个倾斜的高台阶才能进去，台阶是水泥的，上面布满用绳索印下的花纹，素朴简约。我不记得什么时候第一次走进大商店，只记得每次进门后都想感叹，真大。真是大。房顶比我家的不知要高多少，也宽敞，尤其是夏天，别的地方都热得蹲不下个人，大商店里却有用不完的阴凉。长长的房间被分成三部分，先是一道一米多高的柜台把房间切成两半，再由直抵屋顶的货架把剩下的空间再切成两半。货架后面放什么，是我很多年一直感兴趣的问题，可惜直到我离开村庄去镇上念书，也没能找到机会去看一下。

我见过卖东西最多的地方当然是集市和庙会，可是集市不是每天都有，庙会更稀罕，即使每天都有，我也不能天天跑去赶集。大商店是集市和庙会之外东西最多的地方，货架上下，从东到西，摆满了待售的商品。从生活的源头开始，花花绿绿的烟和酒、瓶装的酱油、练习本、铅笔、钢笔、圆珠笔、墨水、水壶、瓶胆、灯泡、蜡烛、火柴、饼干、桃酥、高粱饴、糖豆、白砂糖、红糖、大糕、挂面、瓷碗、碟子、花盘、洗脸盆、搪瓷缸、筷子、勺子、锅铲、铁锅、牙刷、牙膏、雪花膏、毛巾、布料、轴线、绣花针、顶针、橡胶鞋、布鞋、袜子、轮胎……还有很多，一路摆下去。我说不出来的不是因为我想不起来了，而是我没能看见。那时候我个头小，大商店的柜台高得有点儿过分了。

我和当时其他喜欢在大商店里游荡的孩子一样，为了看清货架下面和放在地上的商品，我们不约而同踮起脚尖，把下巴挂在柜台上，希望这样可以看得更深。其实是没用的，柜台太宽大了，我们的脖子伸得再长也无济于事，谁让我们的目光不能拐弯呢。要命的是，被柜台遮蔽的恰恰是我最想见到的。各种各样的点心、糖果，还有堆放在地上的鞭炮和玩具。1989年之前我的生活目标主要集中在吃和玩上，想吃一切好吃的，想玩一切好玩的。还有人人都会说的那句话：闺女要花，儿要炮。我想要那些鞭炮。它们几乎都被柜台挡住了，我不能时时看见它们，可是我想时时看见，所以进了大商店就忍不住伸长脖子，把自己挂起来。

大商店里的柜台是我见过的最美的柜台，下面是砖头砌成，上面是水泥覆顶。水泥是灰色的，我见到的时候早就变成黑色的了。不仅是小孩喜欢进大商店，大人也喜欢，他们个头高，随意地把手放到柜台上指指戳戳，长长久久把柜台抹得油乌发亮。我的下巴挂上去，鼻子底下就飘悠起不散的烟火味。这些年我见过无数的店铺的柜台，漂亮的、整洁的、先进的、接近于无限透明的，不知见到了多少，一点儿感觉都没有，它们与我无关，与生活和人无关，而大商店里的柜台，上面曾经挂过无数个年幼的下巴，落下过无数只手掌，那些手掌都从自己家里带了尘土、草灰、馒头渣子和汗渍。柜台上累积了层层叠叠的烟火气和人的味道。我把脖子伸长，使劲嗅着鼻子，我想闻到柜台后面飘散出来的大商店的味。

不知道是不是所有的大商店里都有这种味道。先是香甜的味道，清净、羞涩还有点儿欢欣，是点心和糖果发出来的。然后是粮食白酒的香味，悠悠的，淡淡的，从东头柜台上的酒坛子里散出来。然后是酱油味，黑黝黝的味道，行动迟缓笨重，喜欢沉在所有的味道之下，像结实的河床。这些香味把大商店里的气味调得十分黏稠，闻久了妥帖身心，我就犯困。惊醒我的是另一种刺鼻的气味，比如橡胶鞋的味道，纸箱子的味道，这些味道身手敏捷，因为过于尖利，多少显得有些轻佻。还有就是水泥柜台本身的味道，清冽的砖石味。

我经常放学后都要到大商店里兜上一圈，挂一会儿下巴。闻一闻，看一看，把吃不到的东西睁大眼睛想一遍，玩不到的东西也跟着想一遍。在大商店里我总是觉得肚子里空荡荡的，店里好闻的气味一直在提醒我有饥饿这回事，即使我吃饱了。我忍不住要进去，进去了更饿。后来听说，好闻的味道也能提高营养，所以厨师大多都是胖子，不知道当初待在大商店里，我获得过营养没有？那时候我瘦得可怜，穿着垂不到脚踝的裤子，母亲说我吃龙肉都不胖。

柜台后面的很诱人，我没钱买。大多数的孩子都没钱买。父母很少给我们零花钱，偶尔给了一毛两毛也舍不得花掉，如果什么时候手里聚到了五毛一块，真以为自己是富翁了。把钱装在贴身的兜里，手指头秘密地在兜里把钱攥紧，干的纸币终于也捏出了水。有了大钱心里就怪怪的，像大商店里的长柜台，泛着清冷的喜气，觉得全世界都是繁华，有微微的油腻。我用眼睛、鼻子来购买，躲在头脑里从容地消费。那个时候有饥饿，也有欲望，但从来没有非分之想，那种满足饥饿的欲望也是清净的，从不设计在黑暗里把好东西都装进口袋里。我在大商店里第一次买过的最贵的东西是一支钢笔，英雄牌的。1985年秋天的一个上午，我刚升入二年级，祖父给我钱让我买一支钢笔，花了一块八毛钱。我读一年级时一个学期的学费是三块五毛。我几乎成了班上最早使用钢笔的人，开始在白纸上写字，而别人还在用铅笔和田字格。直到现在，我依然一厢情愿地认为，这是我的字写得不错的重要原因之一。

除去口腹之欲，大商店也是一个玩乐的好去处。在里面很容易找到安静的地方。长年关闭的西门附近有几口大缸，通体黑蓝，冬天时用来装酱油和盐，夏天就空下来。我常常一个人转到那几口缸边，摸清凉的瓷，安详妥帖的平滑，阳光打在脸上，亦有一种清凉的惊喜。不知道那些瓷缸最后都到哪里去了，慢慢地都不见了，盐装进了蛇皮口袋里，酱油、白酒和香油一样，装进了小坛子，放在柜台的最东头，买卖更方便了。在那几个一字摆开的小坛子前，我见到了周围村庄里的几乎所有腿脚灵便的酒鬼。他们忍不住汹涌而至的酒瘾，弯腰驼背地来了，像孔乙己那样排出几文大钱，要了一茶杯粮食白酒，就站在柜台前喝。准备充分的，随身会带有一两个朝天椒；没来得及准备的，就随手捏起一颗大盐粒，喝一口舔一下盐粒，嘴里咝咝啦啦地呼吸，喝得美好且满足。喝酒时和售货员东拉西扯，喝光了话也说完了，放下杯子抹抹嘴回家了。在后来的生活中，我见到很多酒鬼，喝得如此简单和干净的很少，大多都是在油腻的酒席上昏了口舌和头脑，脸变大，脖子变粗，整个人成了讨嫌的酒肉皮囊。

在大商店里我一定还能看到更多，但是很多记不起来了。再后来我就离开村庄去镇上读书，然后去县城读书，再到别的城市读大学。越走越远，回家的时间越来越少，去大商店也就越来越少了。什么时候终于一次也不再跨过那个高门槛，以致大商店什么时候关门、什么时候被拆除了门窗成了一排废弃的空房子，我都不知道了。出了村庄，我进过各种商店、超市、商场、大卖场、购物中心，也仅仅是进过了，买了东西就出来，不买东西我永远也不会想起它们。对我来说，它们的意义仅在于是一个用钱和信用卡换回用品的地方，别无其他。但是大商店我常常会想起，想起里面琳琅的货架，里面的味道和阳光，出入的人和事，我的高不过柜台的童年，和一些隐秘的小心事。我知道它会随着我见识的增广而日渐微小和简陋，我也知道我的这些记忆脱不了美化的嫌疑，可我还想在记忆里重新打开大商店的东门，把我十岁前的时光像阳光一样呈现出来。

就像现在，我把自行车停住，扭头去看那些空洞的屋子，原来的大商店，现在成了鸟巢和老鼠、昆虫的集散地。我十一岁开始逐渐远离村庄，越来越多的孩子我都不认识了，他们也不认识我，我在他们眼里成了异乡人。路上几个孩子好奇地看我，看我看着破败的空房子，他们也许根本不知道那些房子过去的名字叫大商店。他们更不会知道，我像他们这么大的时候，这些空房子和整个世界一样满满当当，也繁华，也美好，它是一个十岁孩子的天堂。

02 驰而不息

面朝大海，春暖花开。
美好温暖的人世间像辽阔的天空向远处展开，
天地间一片灿烂阳光。
叶也绿了，花也开了，生活喜气洋洋……

从五斗渠到大渠之间，浩浩荡荡地生着一片芦苇。在村庄方圆几里内，那是最为高大茂盛的芦苇。没有人知道什么时候长出了第一棵，什么时候又蔓延了这么一大片。父亲小时候到田里捡麦穗，遇上了几十年都罕见的大冰雹，就是躲在那片芦苇荡里。父亲说，谁会想到中午出门时还艳阳高照，傍晚就降下了满天鸡蛋大的冰雹呢。他把柳条编的小篮子顶在头上，捡了一个下午的麦穗洒落一地，篮子被砸坏了，他只好钻进芦苇丛，把自己裹在里面使劲地摇动芦苇，用枝叶扫荡出一块安宁的空间。从芦苇丛里出来，冰雹停了，天也黑了，远处的村子里传来无数小孩的名字，大人们都在寻找自家的儿女。几十年后父亲说，起风了，大风把芦苇荡卷起来，像煮沸的开水，发出鬼哭一样的呜咽声。整个田野里看不到其他人，父亲害怕极了，撒在地上的麦穗都没来得及捡起，就拎着坏掉的篮子慌慌张张地跑回家了。

父亲的意思是，风中的芦苇荡很可怕。若干年后，我七岁，一个人在黑夜里经过那片芦苇荡两次。

我记不起来父亲出去干什么了，只有我和姐姐在家。母亲一个人在田里。我和姐姐把晚饭做好后，等母亲回来。天很晚了，通常这个时候我们已经吃晚饭了，周围的邻居也早早收工，无数条炊烟飘摇在低矮的屋顶上。可是母亲还没回来。我和姐姐都急了。小时候我十分依赖母亲，一天见不到心里就发慌。每次母亲出门回来迟了，我都要站在家门口张望，直到她走进巷口我才安心。如果出远门，比如去外婆家，更不得了，走之前我要问清楚什么时候回来，到了母亲回家的那个傍晚，我会一个人沿着母亲回家的路一直走到村头，扶着那棵歪脖子小树向前望去，想象母亲是不是会变成另外一种样子。我到现在也弄不明白为什么会那么想，以至于母亲离开家前我都要盯着她的牙看。母亲的左前牙上有一个极小的黑点，我想如果几天之后回来的那个人无论牙有多好，她都不是我母亲。

姐姐让我再等等，她问过前面小四子的妈了，说母亲正在赶活儿，趁着有月亮干完了就算了。母亲还让带来话，叫我们先吃，不等她。可是我等不下去，我要去湖地里找，我坐在锅灶旁感到一阵阵干冷，我想母亲一定也很冷，我要把她找回来。其实那会儿刚入秋，可我的赤脚在鞋子里直冒冷汗。姐姐问我害不害怕，我说不怕。姐姐说："那你一个人去吧，我把猪给喂了。"我拿了一件母亲的衣服出了门。

从家到母亲干活的田地有四里多路，先过后河的一座桥，再穿过平旷的打麦场，上了五斗渠直往北走，一直走下去，向右拐就到了。但是我从来没在晚上一个人去过。真正的一个人，过了后河桥连一个人影都没看到。出村的时候一点儿不害怕，满脑子都是尽快找到母亲。我一路飞奔上了打麦场。村庄在我身后，狗叫声和小孩的啼哭声也在身后，听起来极不真切，像是跑进了另一个世界，然后我听见了自己巨大的脚步声，在打麦场上产生了更巨大的回声，好像有许多人随我一起跑，我出哪只脚，他们也出哪只脚。最可怕的莫过于只听见自己的声音。我停下来，看清了七岁时的那个夜晚。它比我想象的还要黑，月光是那个夜晚的同谋，暧昧的光亮只能增添旷野的恐怖。周围的树木和草堆黑黢黢地排列成一个圈，我站的地方仿佛是世界的中心。树木和草堆板着黑脸，在风中摇头晃脑，我意识到这个夜晚风很大。我继续往前走，抱紧了母亲的衣服。

真正的恐惧和我相遇在五斗渠上，我终于面对了那片芦苇荡。我得说，真是像海，它是一片桀骜不驯的翻腾的巨浪。风也许并不像我当时认为的那么猛烈，只是田野过于平坦辽阔，风可以像旗帜一样从远处卷来，而那片芦苇又过于惹眼，它是野外唯一的一堵墙，风必须经过它。于是我看见从第一棵开始，风拉弯了所有芦苇的腰，大风水一般地漫过它们，使之起伏具有了水一样的柔韧的表情，浪一样痛苦的姿势。弯下又挺起，涌过去又推回来。恐惧终于降临，我把自己送到了一头奔腾的巨兽跟前，听到它在黑夜里粗重又狂乱的呼吸，像一片森林突然倒下，像整座山峰缓缓裂开。

因为一片芦苇，大风得以在我七岁的夜晚存活。我听见了风的声音，杂乱，深不可测。如果有人告诉我，黑暗里藏着十万魔鬼，我信。芦苇的声音比芦苇本身更像魔鬼。我后悔出门过于轻率，因为恐惧而发抖，刚刚满怀的焦急和寻母的使命感被大风一扫而空。我不能半途而废，我对姐姐说了，我不害怕，我一定要把母亲找回来。我把衣服缠在手上，贴着远离芦苇的路的那一边磕磕绊绊地跑。跑几步就停了下来，也就是从那次起我知道，恐惧时不能跑，越跑越害怕。我努力放轻脚步走，坚持忍着不回头看。身旁的一大片庄稼像缓缓起伏的海，我听到风声、芦苇声、庄稼声和我的心跳声，感觉自己是走在梦里，整个身心失去控制似的摇摆不定。

作者和姐姐小时候

那大概是我记忆以来走的最长的一段路，好像怎么也走不完。当时我什么都想到了，包括死。而且有关死想的最多，没有排除任何一种我所知道的死法。我想如果我死了，母亲该到哪里找我呀。我没有死，走到大渠上的老柳树下我停下来，我还活着，一屁股坐到地上，衣服被汗溻透，牙咬得两腮生疼。

我没找到母亲，她从另一条路回家了。而我又从原路返回，同样是一身冷汗。我想，走过了黑夜里的芦苇荡，任何恐怖的东西对我来说都无所谓了。但是当我走进村庄，看到第一户人家门缝里透出来的灯光时，还是忍不住哭了，一直哭到家里。母亲站在门口远远地问是不是我，我一声不吭，进了门就爬上了床。那个晚上我始终没说一句话，晚饭也没吃就睡了。夜间我的梦里长满了无边无际的芦苇和风，浩浩荡荡的黑夜之声贯穿了整个梦境。

尘土飞扬

有一天我去写我的故乡，不知道该如何落笔，我找不到一条通往故乡的路。但是一想到路，我立刻知道该怎么写了——很多年前，的确有一条土路从野地里伸向我的村庄，厚厚的黄土堆积，一辆车或者一阵风过去，都要卷起漫天黄土，那是什么？“尘土飞扬”！是的，尘土飞扬。我从一条尘土飞扬的土路顺利抵达故乡。

多么美好和动听的四个字：尘，土，飞，扬。即使拆开了看也赏心悦目，而且有质感，抓一把前两个字能捏出细碎的声音来，好啊，朴素得像一首诗。我真要感谢那造词的人了。这种混沌、坚硬而又纯美苍凉的乡村氛围，让我想起了福克纳和马尔克斯。我以为，还没有谁能把这四个字用得比他俩更好。

可以想象一下美国南方的乡村，那片黑人曾备受歧视和压迫的土地，那个在故事中名叫约克纳帕塔法县的地方，充满了焦躁、野蛮和暴力，但谁又能说那不是一个至情至性至仁的地方？至情至性至仁，还有至情至性至仁的泥土，多少年来一层层堆积在四通八达的乡村土路上，一辆马车来了，你能在它身后看到尘土像阔大的旗帜一样从大地上飘扬起来，久久不去。一个年迈的黑奴走来，赤裸的脚板之下，也会掀起面粉一样细腻的泥土，如果一直走下去，泥土将追随他一生。在那条土路上，一个人就是一个人类，一辆马车就是古往今来数不清的所有军队。泥土中的人类的生活就是这个样子，离远了看让人想哭。

还可以想象一下加勒比海沿岸刚刚进化的土地。烈日当空，空气像胶水一样黏稠，古老的拉美土著从神话般的吊床上下来，双脚踏入滚烫的泥土中。一个文静的小伙子来到陌生的小镇，见到了名叫安托尼奥·伊萨贝尔的神父，他相信有神父的地方一定有旅店。显而易见，他们要经过一段以乡村为背景的土路。在他们生活的世界上，一个女孩抓着床单飞上天，一个功名显赫的将军退休在家养起了小金鱼，一个男人为了爱情到八十岁还独身，一个族长式的君主让无数的母牛在他的宫殿里乱跑。显而易见，他们也要经过一条以乡村为背景的土路。而这条太阳炙烤下的土路，一只火鸡跑过去，也要溅起长久不息的尘土。他们在神奇的土地上站定，转过身，嘴唇干裂，目光懵懂，身后的尘土把他们包围，自成一个魔幻的现实世界。

我把这四个字用毛笔写好，压在书桌的玻璃板下，低头就能看到。看到了就神往不已，这其中，包含了多少对苍生的爱啊。我分明看到了尘土从遥远的地方升起，甚至闻到了太阳下焦糊的泥土味。这种感觉如此强烈，我忍不住一遍遍地重写，写飞扬的尘土，写尘土里生活的人们：

“巷子里照例是经年的黄土在堆积，陷着去年的深深的车辙和牛蹄印。旱久了便尘土飞扬，有大群大群赤脚的男人女人和小孩从中间走过……在没有月亮的夜晚到田里收割庄稼。”（小说《一个侏儒的死》）

泪流满面

一直认为这个词夸张矫情，很少用它，直到有一天我因某件事哭得不可遏抑，我才相信，一个人是可以泪流满面的。我也把它写在玻璃板下，时时盯着它看，看久了，竟逐渐确信，没有比它更真诚和感人的词了。

一个人悲痛的时候当然可以泪流满面，但是当你用“泪流满面”去形容他的悲痛时，你会发现，这个词放在这地方总是有些不踏实，因为除去悲痛之外，似乎它还另有深广的意蕴。我常常会想象一个长须飘飘的老和尚走进民间，他看到了太多的民间疾苦，为之叹息，为之泪满双眼，但他没有泪流满面。直到有一天遇到一个和阿猫阿狗在一起玩耍的痴呆老人，或是看到了一个对着太阳傻笑的健康粉嫩的婴儿，他止不住泪流满面了。我在想，为什么偏偏是一个老和尚呢？为什么偏偏遇到的是不知生与死的老人和纯净的孩子呢？

因为他满怀既出世又入世的大悲悯和大感动。对切切实实的苦难，我们无能为力，能做的只是哀民生之多艰。而滑稽以至可笑的生之现状才真正让我们痛心，他们完全可以摆脱尴尬无奈的局面很好地生活下去，可是他们对此无动于衷，老和尚悲而又悯，他们为什么不能活得自然从容些呢？天地有大悲，悲而可悯，我们哀其不幸又怒其不争，既然当局者迷，只好轮到旁观的人心沉到最深处，泪流满面了。还有那降生之初的婴孩，有什么会比他更纯净和美好的呢？他拥有高昂的生的起点和悠远平坦地活着的前途，他的小手会一天天长大，培植出绿叶和花果，他会用汗水滋润大地，会在夜晚与麦子交谈。他像初升的太阳一样是人间的大美，大美无言，我们的感动只有一条出路：真诚善良的人们，泪流满面吧。

如果我们真诚善良并学会了悲悯和感动，我们就是那还俗的僧人，不需要那把飘飘洒洒的胡子，只需要一双平视大地的眼睛。

是啊，泪流满面。多动人的一个词。

因为海子，我才喜欢上这个词的。知道海子的人都会记得他那首诗《面朝大海，春暖花开》，它一直被认为是海子最优秀的诗歌之一。而我认为，这是他最好的诗。听一听，海子在诗中说："——面朝大海，春暖花开。"

我常常把它和海子的另一首诗《日记》相比较。在《日记》中，海子写道："姐姐，今夜我不关心人类，我只想你。"这是一首悲伤的诗，从头到尾飘荡着沉静的忧伤。我们想象，在一列途经德令哈的火车上坐着一个少年，长发蓬乱，浓眉和眼睛纠缠不清，新生的胡须疲惫不堪。从他的眼睛里我们不难看出，他想尽情地哭。这是孤独的异乡旅途，世界在火车之外，人类的忧患在火车之外，他在别人的目光之外漂泊，火车将带他去一个没有尽头的地方。茫然而又恐惧，只能在心里呼唤一个远在天边的亲人，那个像母亲一样疼爱自己的姐姐。我想，诗中寻求精神救援的少年是个真正的人，只有这样纯洁无瑕的人，才会在横穿茫茫戈壁时要为姐姐而抛弃人类。一次次地诵读“姐姐，今夜我不关心人类，我只想你”，我竟把自己也置身于同一种天涯孤旅，以致泪满双眼。

如果说《日记》体现的是一种人性的力量，那么《面朝大海，春暖花开》体现了一种神性的力量。这神不是无所不能的神，而是人性极端平和完美之后才具备了神一样的禀赋：让世界太平美好，祥和与善良成了人类自立的手段，多好——“从明天起，做一个幸福的人/喂马、劈柴，周游世界/从明天起，关心粮食和蔬菜”，“陌生人，我也为你祝福/愿你有一个灿烂的前程/愿你有情人终成眷属/愿你在尘世获得幸福”。把眼睛拿在手里，把穷人放在心上。“我只愿面朝大海，春暖花开”。诗中的海子变成了一个快乐的人，在他的眼里，世界充满清澈的阳光。他不打算拯救人类，因为人类已经被丰沛的爱所提升；他也不再发出戈壁滩上的呼喊，因为人人都将成为勤劳的农夫，喂马，劈柴，然后周游世界，给每一条河每一座山取一个温暖的名字，为所有人祝福，并告诉他们我们的幸福。在无比和谐的生活中，人不像神还会像什么?

面朝大海，春暖花开。美好温暖的人世间像辽阔的天空向远处展开，天地间一片灿烂阳光。叶也绿了，花也开了，生活喜气洋洋。我因此而喜欢这个词。

有一天午睡起来，总觉得和往常有些异样，但一时半会又找不到原因，就穿着拖鞋来到阳台上。楼下的网球场上有学生在打网球，穿着运动短裤和背心，一边挥动球拍一边用胳膊擦汗。他们竟然是这身装束！我终于发现是哪个地方不对劲了，原来春天已经来到了。阳光很好，风也暖和，从楼下走过的人也在高声议论，他们的笑声告诉我，他们对春天的到来十分满意。我伏在阳台上看着这些人，我相信自己一直在微笑，因为我感到了从未有过的快乐与平和。我想到了“春暖花开”这个词，然后想起了海子的诗：喂马，劈柴，周游世界，春天来了，花也要开了。

暮色四合

我想，我骨子里头是悲观的，这影响到我对词汇的感受和选择。比如现在，我从燕园回万柳，到人大西门时，陡然觉得心沉下来，沉得不堪重负，似乎感到整个人置放在自行车上的重量。一下子想到一个词：暮色四合。

就是这个词，接着我看到了它。天色将晚，这是4月初北京的黄昏，天灰灰的，风也是灰的，暮色从四面升起来。四合。暮色如浪，卷起来，像饺子皮开始兜住馅，把世界包起来。车在走，人也在走，我却觉得周围静下来，只有黄昏的声音，暮色四合的声音，精致琐细地响起来，声音是沙哑的。这让我莫名地难过。我总是这样，在黄昏时，太阳落尽的时候会难过，像丢了东西，心里空荡荡的。好像有所希望，有所留恋，也有所茫然和恐惧。

多少年了，我在黄昏时分离开一个地方，或

者是到达一个地方，总高兴不起来，只是忧伤，莫名其妙的忧伤，常常会生出想回家的念头。我从一座城市到另一座城市，从城市到家，每一个假期开始的黄昏，和每一个离家的黄昏，我都看到了暮色四合。整个人沉重地静下来，仿佛看不到路，没地方可去；仿佛身边的人都走光了，只剩下了我一个。这种时候我就会想起野地，看不到人影听不到狗叫的一大片土，上面有草，有庄稼，有芦苇和河流，还有孤零零的我一个人。

少年的时候我在乡村，黄昏时多半还在野地里。摸鱼，偷瓜，割草，放牛，收庄稼，到田里找正在插秧的母亲，为躲避父亲的巴掌而逃窜，或者是没来由地游荡，就在野地里遇到了黄昏。暮色从喧嚣的芦苇荡里浮上来，雾一样，后来知道掺了水的墨在宣纸上洇开来就是那样。风拉弯所有芦苇的腰，庄稼和大地也在风里起伏，越来越暗，越来越黑，野地里动荡起来。不知怎么的，所有人都被灰暗的风吹跑了，就剩下了我。我开始害怕，开始想哭，开始拎着篮子赤脚追前面看不见的人，开始往母亲干活的田头跑，开始抽着牛背往家跑。不知是怕把家丢了，还是怕把自己丢了。就觉得身体敞开了，风吹进来，沙哑地响，有点儿安详，也有点儿凉。

暮色四合，迟早是要把一个人包起来，包住后保藏起来，或者包扎好扔掉。一天将尽，都将逝去，好的光景，坏的光景，喜的忧的，哭的笑的，都没有了。留下来只有一方越来越小越来越低的天，心可能会宽敞，也会悲凉地沉下去，可你不能看得远，也不能听得清，那些花花绿绿的灯光和你没关系，你就是一个人，站在哪里就在哪里，一下子从地球上突出出来，孤立出来，像一棵草，瘦瘦地站着。当年沈从文大约就是这样站着，在北京的那些暮色四合的黄昏里，他从故宫博物院出来，一个人站在午门的城楼上。他看到了暮色四合，夜晚来到了北京城，然后他开始往家走。不知道他跑没跑过。

我跑，我不喜欢站着不动。就像现在，我骑着自行车拼命跑，朝万柳跑。感觉怪怪的，暮色四合，要么想家，要么无家可归。

亮了一下，然后彻底灭了，屏幕上只剩下一块方方正正的幽蓝的黑。我以为又是老毛病，电脑耗电过大把保险丝给烧坏了。还没出门就听到隔壁的何老师在叫，问我是怎么回事。我说大概是保险丝又坏了，在抽屉里摸了半天，打火机不知道放哪儿去了，更别提火柴了。我至少半年没见过火柴了。现在谁还需要这东西，尽管我一直都很喜欢闻火柴点燃时的味道，但我不可能时刻保存它们，城市生活不需要，这里没有火柴的位置。火柴在今天已经成了一个乡土概念，和锅灶、路边的野火和田间农民嘴上的烟卷生活在一起。城市里最多用用打火机，而我不抽烟，连打火机都没有。所以，停电的晚上我不可避免地成了一个瞎子。

事实上，半座城市在这个晚上同时成了瞎子。是停电。我摸黑站到了窗户边，两眼仍是一抹黑，目力所及的城市上空静卧着浓重的黑暗，不见灯火，没有声音，好像所有人集体失语。面对突如其来的黑暗，我们不知所措。的确，在城市里想得到一个完完整整的黑夜是多么不容易，没有灯光的夜晚在城市是不可思议的。这意味着破坏一顿晚餐，终止一场交易，打断一个长吻，结束一段爱情，报废一堆产品，甚至耽误一个生命，最不起眼的，对我来说，中断了正在进行的写作。前面的两栋楼房只呈现出一个巨大的钢筋水泥的固体，和无数黑得幽深的窗子。他们还没反应过来。也许一块肉还愣在嘴边，一只手还停在半路，一口呼吸只进行到一半。何老师问我有没有蜡烛，我说哪来那东西。何老师接着说，是啊，都什么年代了。我们是否真到了不需要火柴和蜡烛的年代？前面的居民显然也找不到蜡烛。逐渐有人从黑暗中苏醒过来了，闪烁不定的火光从一些窗户里飘摇而出，是抽烟的男人在自豪地炫耀他们的工具。也仅仅是昙花一现，即使他可以从口袋里同时掏出五百个打火机，也无法制造出一支蜡烛的永恒的光芒。打火机最终不会在这个夜晚给我们带来心安的光明，他们没有蜡烛。这时候我听到学生宿舍区传来欢呼，他们对这久违的黑暗报以孩子般的激情。长久以来，他们在夜晚的光明中遵守学校晚息制度，一板一眼地恪守社会提前培训的生活规律。大概连他们自己也没想到，竟是一团漆黑把他们拯救出来了。相对于学生，眼前的教工家属区就矜持和体面多了。听不到一点儿声音，抱怨、惊叹、交谈、无所适从，通通销声匿迹，连小孩的哭声都睡着了。但他们慌乱地沉默着，寻找可以复明的眼睛。何老师在灯灭之后发了一分钟的呆，然后开始翻箱倒柜地找打火机，他不停地重复同一句话：“我记得买过一个打火机的。”

为了看清这个停电的夜晚，我走到阳台上。风不小，和黑暗一样密集。我第一次发现我所生活的这座小城原来并不是很小。往日在楼上观看城市，目光总被霓虹灯和污染过的空气阻断，被喧嚣的市声分割，感觉城市仅是一口圆形的高压锅，拥挤、逼仄，每个人都要踮着脚尖生活。纯粹的黑夜扩大了城市的面孔，在高楼之上，黑夜像大地一样展开，平坦，辽阔，苍茫，看不到尽头。应该感谢停电，它成全了城市，使之复归于大地，由大地而起的必将回报于大地，用一个与大地同样丰饶辽阔的平面，像这个难得的夜晚，用它的无边无际。理应感谢，这个夜晚让我看到了生活其中的城市的沉静的一面，伏卧大地之上，喧嚣止处呈现出大地的品质。

像乡村的夜晚。二十岁之前我在田野里游荡，我的记忆里，乡村的白天和黑夜几乎无所区别，一样的成为发肤血肉，一样的固执深刻。小时候没见过电灯，所有的电灯电话电视机都在课本上，无法看到灯光的颜色，更想象不出电视机是如何说出不同的声音，不知道那么多人在一个小箱子似的东西里怎么生活。后来我家装上了电话，我奶奶第一次接电话时把听筒放在了嘴边。不像城市，白天和晚上几乎没有区别，乡村的黑夜就是黑夜。乡村的黑夜意味着太阳和尘土落地，火柴、油灯、蜡烛和月亮升起来。除了个别晚上我在煤油灯下看书，多数夜晚是在月亮地里度过。家里开始用的是罩灯，罩子是透明的玻璃做的，风进不去，油烟也不会到处乱飞。在罩灯下看书我没有特别的感觉，直到有一天灯罩被打坏，灯膛摔碎，不得不做一个简易的油灯替代，我才意识到，能坐在罩灯下是多么幸福的一件事。简易的油灯我做过很多个，找一个稍微大一点儿的铁盖子玻璃药瓶，在盖子上挖一个洞，捻一根棉线做灯芯，倒上油点着就成了灯。这种灯火焰小，油烟大，整个房间一会儿工夫就云苫雾罩，进来的想出去，出去的难

以进来，第二天早起，满鼻孔都是烟灰。那时候我羡慕过电话和电视，尽管不知道它们到底是些什么玩意，但从没渴望有一盏自己的电灯，因为电灯底下的生活远不如月亮地里的好玩。那是一个人不需要灯的时代。

月悬半空，高过村庄的一棵棵冲天白杨，三五成群的小孩凑到一起了。在有利家的屋山头倒拐，或者从海英家的草堆分散，玩藏猫猫。倒拐是一种基本的集体运动项目，两军对垒像古代的沙场鏖战，人人扳起一条腿，独立战斗，用这条不能放下的腿去进攻和防守，一群小孩山呼海啸，月光随意揉捏我们的影子，忽大忽小忽长忽短地在地上游动，乱人耳目，草木皆兵，个头大的突然起跳，可以将自己的拐压到矮小者的肩上，对方的那条腿摔落下来，双脚立地站得最稳的人，就成了败军。月亮地里什么都看得见，除了时间，总是父母告诉我们午夜是什么时候来到的。父母们被自家孩子的喊声惊醒，踢一下脚边，空荡荡的，孩子的喊声在窗户外。他们一个个披衣下床，不需要睁开眼睛就出了门，拇指和食指按住那个叫得最响的小孩的耳朵，那是自己的儿子。一路拎回家去。

如果大家兴致都好，不愿早早回家，就去藏猫猫。这样可以村前村后地跑，父母是抓不到的，即使后半夜回家也不会挨揍。大人们常常会在月圆之夜到田里干活，月光明亮，麦子水稻高粱玉米和白天一样清晰，而且像赶路一样，晚上比白天更出活，庄稼一放一大片。活干完了，他们也累了，回家倒头就睡，哪还有心思和力气去教训小孩。我们尽可以月上西天再回家，动静小些，开门关门，脚也不洗，浑身水淋淋地爬上床，小心父亲的呼噜和咳嗽。这些只有月亮看在眼里，月光从窗户进来，画一个水一样的方框，我们像头小兽蜷曲着身子，疲惫地睡在水上。那时候跑得可真远，两三个人竟远离了村庄，跑到了田野里。大概也就在那些夜晚，我才知道生我的村庄原来这样小，几步就跑出了炊烟、狗叫和伙伴们的追赶；同时发现野地那么大，随便一棵什么树都可以替代我的位置，我，我们，在夜一样宽广的大地上，在大地一样宽广的夜里，完全可以忽略不计。月光明晃晃地照着，惊动了偷食的老鼠，夜游的长虫，搬家的蚂蚁和巡视的猫头鹰。布满车辙和牛蹄印的土路上，匆匆穿过这些小东西慌乱的影子。我们趴在麦地里，明知道不会有人找到这里，我们还是一丝不苟地趴着不动，体会着被寻而不遇的快乐。短暂的消失，伏在大地之上，与之肌肤相亲，和麦子们在一起，听它们拔节的声音和成熟的叹息。一定有人在大地上睡着了，梦见和麦子一起生长，听到大地的汁液流进身体的汩汩之声。伏在大地上，感觉世界是整体的，它是一个巨大的球，缓缓地转动，人和每一棵树、每一株麦子一样，是大地的一部分，夜包裹着你，月光包裹着你，夜、月光、你、这个世界，不可分离。

很多年后，当我从麦田里站起来，像个人物似的在大地上走来走去时，我得到的却是一个破碎的世界，一个在地图上被红色、蓝色的线条分割过的世界，世界变成了一个平面，而不再是一个巨大的球，像一块切开的生日蛋糕，有了不同的方向。多年以前的纯粹的夜、月光、麦田、野地、伙伴，没有一样可以带到城市里来。这里没有煤油灯，没有倒拐、藏猫猫，没有夜间穿行的老鼠、蚂蚁、猫头鹰和蛇。这里是一个电的世界，一种可以取消黑夜的东西，把生活打扮得花枝招展，同时让人远离一些东西。

暑假我回家，天热得受不了，偏偏一棵树砸坏了电线，接连几天没电。在单位要么有空调，要么有电扇，房间里永远是春天，现在好了，夏天结结实实地来了，赶都赶不走，电扇不转，拿什么赶。喘口气都汗流满面，更别提午觉了。午饭过后我就坐到树底下，拼命地摇动扇子，还是热。父母他们就无所谓，照样睡他们的午觉。可我不行，我的皮肤和感觉已经被一些电的派生物改造过了，真是滑稽，我回到家里，竟发现自己和家并不一致。有什么东西悄悄地把我们的生活篡改过了。最要命的还不是热和午觉的问题，而是如何打发晚上的时光。我习惯在晚上看书写作，现在却不行，屋子里蚊子可以吃人，蜡烛的光焰微弱且跳跃不止，本就烦躁，哪里还能看进去什么书啊。我于是出门，到大街上往人多的地方挤，我迫切需要尽快将夜晚打发掉。白天在太阳底下，我可以干很多事，看书，钓鱼，逗邻居家的小孩玩，但是晚上，停电的晚上，我什么事都干不了，连一场随心所欲的聊天都不能胜任。整个村庄都在聊天，会唱的还来两嗓子，停电对他们来说跟其他的夜晚没什么两样，他们按照跟我小时候同样的方式生活，我装模作样地混迹其中，努力想做好一个听众，但精神却不能集中。多大的讽刺啊，长大了我竟然不会生活了，在停电的夜晚，我成了故乡的可怜的异乡人。

也许不止我一个人在停电的夜晚突然不会生活，整座城市在这个时候都不知该干什么。我在阳台上站的时间不长，很多人家的电话纷纷响起。我知道他们要说什么，他们在相互询问对方，这个夜晚该怎么过，以及什么时候能来电。在城市里，我们逐渐变成了另一个人，另外一种东西。胃里被准时的一日三餐装上了闹钟，其精确度不亚于北京时间，当中午12点的钟声响起，我们像巴甫洛夫的狗一样想起了饥饿。思维被通上了电，电灯、电话、电视机、影碟机、电脑，告诉我们该怎样思考，我们的生活前所未有的规律，日复一日地做昨天早就做过的事。如果其中的某件东西突然丢失，我们的身体和生活会同时被打开一个缺口，生活的阵脚立刻紊乱。电这种东西，给人类的黑夜再造了一个太阳，改变的却不仅仅是人类的半个生活。

姑妈家那儿第一次通上电是在一个夏天的傍晚。之前很多天人们就在兴奋地议论，电到底是什么。那里相对落后，周围都送上了电，他们的村子是最后一个，经常出入村庄的人告诉邻居，别处的电灯是如何如何的明亮，听得他们心里着急得难受。当时我在姑妈家和表哥玩，表哥说，通电的晚上要在打谷场上放露天电影。我们早早地去占了地方，姑妈说好了要去的，后来竟没去。我记得家家户户早把电灯打开了，通上电的那一瞬间，整个村庄一片通明，自从村庄里住上第一户时起，没有一个夜晚如此明亮。大人小孩都叫起来，据说不少七老八十的老头老太太高兴得哭了。电影散场以后，我们回到家里，发现姑妈正和几个患白内障的老太太坐在灯光底下聊天。问过了才知道，姑妈原打算看电影的，碰巧几个眼神不好的邻居过来串门，就拉上了。她们也想看电影，但更想看一看电灯是怎样亮起来的，她们以为白内障会给她们带来后半辈子的黑夜，因此在黑夜来临之前要好好看一看灯光，看一眼少一眼。她们一直盯着陌生的灯泡，也许整个村庄就她们几个最幸运，她们看到了一个玻璃做成的透明的球变成光明的全过程。姑妈说，她一辈子都忘不了。

我不知怎么突然想起了这件事，那时候我坚定地认为电是一个好东西。它曾经因为突如其来而激动了无数人，但若干年后，它却因为突如其去而闪了更多的人。它的到来使人在黑夜也能找到生活的路，而它的短暂离去，却使越来越多的人突然间发现，不知怎样才能活下去。

往前数十来年，一个乡村少年的出路大抵只有两条：念好书、当兵。条件好一点的也许会有第三条，比如，我姑父是司机，如果我既念不好书又当不上兵，可能会去学开车。整个初中阶段我都这样规划自己的未来。“念好书”就是学习好，将来考个学校端上铁饭碗。这个鲜明的目的论其实是跳过了“书”，跳板而已。我见过太多的人，借助书获得了体面的生活，之后便再也没有完整地读过一本书。所以，很多年后我发现自己正从事一项与“书”密切相关的工作时，多少还是吃了一惊：我的任务竟然是看书和写书。

我怎么就过上了这样一种纸上生活？

再往前数，我是个更小的乡村少年。有好几年时间，一到假期和放学之后，我就抓着本书去野地里放牛。乡村野地阔大，我放散牛。牛自己找草吃，我就找个地方坐下，开始看书。多半是小人书和《故事会》。偶尔也会念念有词，那是因为父亲强迫我必须把某首诗或某篇文章背会。“文革”中我父亲高中毕业，适值祖父被批斗，没办法继续念下去，后来祖父平反，又因为种种原因父亲没赶上恢复后的高考，先做了乡村教师，又当了赤脚医生。直到现在。我被强迫背诵的东西很杂，现在还记得的，有《岳阳楼记》，有《中国老年》杂志上的一首格律诗，还有一些医书上的口诀，比如出血热的症状。

如果非要牵强附会找个纸上生活的源头，这大约是最远的唐古拉山。

我没当上兵，也没能成为大卡车司机，而是一直把书念下来。这个“书”只是功课。真正意义上的书，是从念大学开始的。我意识到我想成为一个作家。中学时也曾读过很多文学书，古今中外拿到手就看，但那只是兴趣，是无为而治。到了大学里不同，我对考上的学校不满，犯了小心眼，一肚子孤愤无处驱遣，就钻进图书馆自虐式地看书。看多了就开始写小说。要写就得学，继续看。另一种意义的目的论出现了。读书成了我生活的主要内容之一，之二是写作，之三是应付平常的考试。我念的是中文系，我所做的这三件事在专业里最为正大光明，这虚荣心也进一步鼓舞了我。我开始有意识地把书的概念紧紧地抱在怀里，正步走进纸上生活。

但小图书馆藏书究竟有限，我想看的书很多都找不到。狂热的阅读大师的欲望折磨着我，急得抓耳挠腮团团转。到了大二，系里有个专升本名额，几百人争一个可以到省城高校念书的机会。我从没去过这所大学，但我知道它藏书甚丰。去看那里的书成了我争取这个名额的巨大动力。那段时间我用从未有过的勤奋，一边没完没了地复习备考科目，一边想象那个巨大的、迷宫一样的图书馆，拿到了唯一的名额。第一次走进那个新的图书馆，我觉得内心有雄浑悲壮的沉默，一排排书看过去，我让自己不发出任何声音。我终于和这些书站在一起了，像见到了亲人。

因为是插班生，老师的花名册上没我名字，考勤从来考不到我。我也乐得不上课，整天往图书馆跑。外国文学那部分书架我熟悉得知道每一本书的位置，我曾按顺序一排排借出来读过。现在我依然怀念那时狂热的阅读激情，一个人，和同学们也不是很熟，跟社会没有联系，偶尔去上节课，更多时候是条灰暗的鱼潜在水底，从图书馆游到宿舍，再从宿舍游到图书馆。冬天冷，我坐在被窝里度过了大半个学期，看完一本接着看另一本。我只过一种生活，读，然后写，我感到前所未有的满足。

然后是教书、读研究生，更兼不曾中断的写作，书成了我的职业。出版和通讯在今天如此发达，任何一本书都可能出现在书店里，我不会再像多年前那样，为了寻找一本书而上蹿下跳。要新书可以进图书大厦，要旧书可以去孔夫子旧书网淘，即使孤本，只要你舍得敞开钱袋，应有尽有。当年放牛的时候，认真复习要拿那唯一的名额的时候，可曾想过有一天我的书会像到了共产主义时物质极大丰富？现在我开始闹书灾，一个书架子满了，另一个书架也满了，一个个书架都跟着满了。每一回搬家，书都是最大的问题。去年夏天搬家，搬家的师傅累得浑身大汗，拍着码整齐的书说："这么多，能卖多少钱？"我说："不知道，一分卖不着我也留着。"师傅说："上次给一个教授搬家，教授跟他说，藏书是种病。”

我说：“也是药。”

如果没有这些书，我难以想象生活会过成什么样子。所以，为了能健康地过下去，我的书肯定还会越来越多。

2008年4月17日

海淀南路

望断西山

住惯了向阳的房子，我总以为现在的宿舍也是朝南的，两年了也不能在感觉里把它扭转过来。事实上宿舍是朝西的。我几乎要对每一个来宿舍玩的同学和朋友介绍，我有个西向的窗户，你看，下午的太阳完整地照进来，还有西山，北京人挂在嘴上的西山就在我们眼前。要在一年前，我手指的方向他们就能看见西山，现在不行了，我指完了，他们总要问：在哪里？

我说，还在原来的地方，就是看不见了。

被一天天长高的楼房挡住了。过去我站在窗户前，抬眼就看见西山，晴日里青黛，微微有些透明，觉得西山真是个好东西，像座精致的建筑；阴天就暗灰，苍茫沉重，连绵地伏在大地上，只能是座山了。我生长在平原，开门见山的日子从没经历过，所以在万柳这地方，开窗就能见到山让我高兴。刚来的时候，万柳还很荒凉，偏于北京的西北角，到处是破烂的平房、废墟、尘土飞扬的道路和建筑工地。我打车过来，司机师傅转了半天都没找到，还是在警察的指点下才摸到这里。警察说，直往前走，没路的地方就是。车子一直把路走断，果然见到了，当时的万柳，完全是个一个巨大的尘土加工厂。

我住五楼，不高不低，谈不上有什么好感，气愤倒是有的。正值9月，热得要死，发现下午的太阳从窗户直射进来，真是莫名其妙，北京的太阳也热晕了，它怎么从南向的窗户进来？舍友说，我们的房间是向西的。我转向了。一下子转了两年，没能改过来，可能还会继续转下去。以后我知道窗户朝西，但还是觉得朝南，早上起来若不清醒，还会把头伸出窗外，到南边去找初升的太阳。所以我气愤，这么个兔子不拉屎的地方，离学校足有十里路，上一次课要骑半个小时的自行车。然后就看见了远处的山，都不知道那山叫什么名字，一个北京的同学说，大名鼎鼎的西山。

我的床位在窗下，电脑和书桌也在窗下，扭头就能看见西山，真好。它把我的气全消了，多少年来它都在那里呢，被我一转脸就瞧见了。看西山成了我在万柳生活的重要内容，没事看看山，猜测与它的距离，用望远镜看山上的树、石头，半山腰上的一团雾，看山和山怎样辗转和过渡，怎样从一座山变成另一座山，看山连山和山外之山，望远镜质量不错的时候，还能看见一两个小人在大石头上走路，穿红衣服。

荒凉的万柳和周边地方开始改变，越来越多的平房和废墟被抹平，建筑材料和脚手架运过来，工人们爬到架子上，把运来的一块块砖头垒在一起。尘土也落下去，上面覆盖了一层坚固的混凝土。不管白天黑夜，万柳的耳朵里都有搅拌机在喘息。所有的砖头都垒完了，砖头就消失了，它们穿上了瓷砖和马赛克的华丽外衣，一幢楼出现了，一个小区出现了。路灯也在夜里亮起来，沿着路灯的走向，更多的楼房被建造出来。就一年多的工夫，万柳像栽树一样突然楼房林立。一夜之间就现代化了。我的五楼一下子变矮了，我的窗户不动，它们的楼在长，一不小心就更上一层。它们在你眼前长，一点点地切割西山，今天看到三个山头，明天就只能看见两个，那个矮一点儿的山头没了。再过一天，只剩下了一个。我每天都在窗前看，原来是看西山，现在是看楼房，然后在楼房之间找西山。西山被裁得越来越小，能见度不太好的时候，西山看起来就像一团边角僵硬、形状不规则的乌云。

西山还在变小，直到被一个庞然大物完全遮蔽。现在我从电脑前转过脸，看到的就是这个庞大固埃。据说是亚洲，也有人说是整个世界最大的超市，一个超级的大卖场。这个巨大的死东西还在完善，工人们在它身上贴瓷砖，花花绿绿的七色杂陈，远看就是一个巨型魔方。我在痛恨这个魔方的时候，更高的楼在它身后起来了。西山是彻底看不见了，踮起脚尖也看不见。

不知道那些高楼为什么要长这么高，也不知道那些住在高楼里的人，是否也常常转身向西，看多少年不再长高的西山。有时候我也羡慕那些居高的人，他们像我过去一样，抬眼就能看见西山。我也会想那些低于五楼的人，我的五楼也曾挡住了他们的西山。如果他们也有看西山的爱好，他们是否会搬到那些高楼里，以便转脸就能看到西山？也许所有人都爱看西山，所以他们不断地往高处搬，所以楼不得不越长越高，最后，我们就看到了一个脖子越伸越长的城市。

2004年6月23日

在北大万柳

我的三十岁

二十岁时想三十岁，那真叫遥想，觉得时光浩渺，一切都来得及。给根足够长的杠杆，我真能把地球撬起来。现在三十岁过了，连根杆儿都没摸到。但二十岁时的确真诚地认为三十岁是个小儿科，一切将水到渠成，上帝把所有东西都放在二十九岁的路头上等着，你要做的就是走到那儿，把它们一个个捡起来。我怀疑到了四十岁开外，回头看三十岁，可能也同感：三十岁其实也小儿科；甚至会奇怪，就那么一点儿破事，当初竟然没能搞定，你为此惭愧。这两头的想法你都不能说它错，很可能到了奔五的年龄，我也好了伤疤忘了疼地这么想，但是眼下，正值而立之年的现场，我得说，这个年龄不好过。很可能此生最难过的就是这一段。

一说日子难过就像在哭穷和诉苦。我不喜欢，但也不觉得哭穷和诉苦就是什么大毛病，没穷谁愿意哭？没苦谁想诉？如果日子真不好过，哭诉一下有益身心健康，都不容易。尤其这个年龄，“成家立业”。我经常想，老祖宗的智慧其实很残酷，就这么一个成语，成了无数后来者的行动准则和考核标准。据我所知，一到这个岁数很多人就焦虑，不是因为年华逝水，不是因为出现了皱纹和一两根白头发，而是担心达不了标。成和立，不容你赖赖巴巴、磨磨蹭蹭。

我念书念到二十七岁，如果接着往下读，三十岁时还将坐在教室里。无论从哪个角度讲，这都很难说是“立业”。到了三十岁还不能挣点钱孝敬父母补贴家用，反倒还得继续“啃老”，反正我听了脸上有点儿挂不住。当然，你可以说，都念完博士了，还怕立不了业？真不好说。我同学本科毕业后，上海某中学追着要他，他不去，要念研究生，念完了，发现所有的坑都蹲满了，他想再去那中学，人家不要了。业之难立，固然在于把一个业正大堂皇地立起来不容易，还在于，就像我那同学一样，有可能过了这个村就没有这个店了。一不小心就蹉跎了。

业再难立，说到底是一个人的事，本领过硬，使使劲也就站起来了。成家事关两人，不能含糊。“家”是“豕”字上加个宝盖，相当于说，养头猪也得要个圈，总得有个屋顶吧。我敢肯定，这个屋顶对全中国百分之九十九的年轻人都是个灾难。鉴于它是全民之痛，这个穷我就不替同龄人哭了，这个苦我也不代他们诉了。我只说我自己。在三十岁这一年，我买了房子，使用面积只有五十平方米，首付之外，还背了八十万的各种类型的公债和私债。没事的时候我会在房间里转悠，一个人纳闷，这20世纪80年代建造的小房子，究竟用的什么材料，竟然卖出了这个价？

——这还是过去的价，现在，每平方米又多了两万元。要不是因为成家还得让老婆住，我真想把它租出去，看别人每月如何大把大把地向我递钱。

单就成家立业一条，二十岁时就把“而立”想简单了。其实对很多人来说，成家立业也许没这么难——不是说他们头脑好使、挣钱容易，立业和生存都不成问题，而是说，他们更大的困境不在于此，而在自身的精神疑难。起码在我是这样。

三十岁开始，我陷入了一个前所未有的巨大迷魂阵，很多问题想不清楚。

过去的很多年里，待在学校，读书读得眼睛和脑子都直了，一厢情愿地把世界往简洁、纯粹和美好里想；出了校门一抬头，世界变了。这个变化固然突兀，但我成竹在胸，以为靠那点儿年轻的理论、率直和豪情就可以见招拆招，一一化解它们于无形。的确，那几年我就是这么干的，我相信一切皆可以往圆满的方向走，这个世界很快就能变回去，一切都将重归于清澈和条分缕析。我用两三年的时间来对抗，从来都是反省自己能力不济，从来都是确信世界最终是平的。

这“世界”是大的世界，也是小的世界，在我们脚下、头顶，也在我们身边和内心，所以，使用这个宏大的词并不表明我有多高深。它只涉及我们看待世界和人的眼光，涉及责任、义务、理想、担当和欲望，关乎婚姻、家庭、事业、身份和人际关系。在一些根本性的问题看法上摇摆和不知所措时，我就会想，如果我现在已然奔五，或者七老八十了，我会怎么看。可能风轻云淡、视若等闲，也可能老而弥坚、愈发激愤，但我想，那时候总会都想通了吧——知其如其所知，或者知其如其所知其不知。心无挂碍。但人不能跳出自己，适逢而立，我还得说，这段日子不好过，既在生存之意义上，也在存在之意义上。

2012年1月10日

中关村大街46号院

不忘初心，一意孤行

——在北大中文系毕业典礼上的发言

尊敬的各位老师、各位家长，亲爱的师弟师妹们：

如果不是站在这里，通常这个时候，我也会出没在北大的某个别的地方。2005年硕士毕业之后，我突然开始喜欢毕业季，一到这时候就迫不及待地往校园里跑，看大家把学位帽往天上抛。我分析了原因，开始以为是我抛的学位帽太少，不过瘾，只好看别人抛——我的确羡慕有很多学位帽可抛的人，所以，先要祝贺各位刚刚抛过帽子的师弟师妹们，祝贺你们以这个华丽的动作开启了人生的新篇章。也请你们务必珍惜这段美好的时光，很多年后你们一定会发现，有帽可抛是一件多么幸福的事。

后来我又想，没帽可抛固然是我的一大遗憾，更深层的原因可能是，我希望在大家抛帽的那种纯粹、欢乐的状态中，重温我当年离开北大

时的坚定的心境。那个时候我和大家一样，面对这个世界浑身有使不完的劲儿。我确信，给我一根没那么长的杠杆，我也可以把地球撬起来。这种确信，不是因为我有多少才华和能力，而是因为我有所信、有所执。对一个中文系毕业的学生来说，这个信和执，是对文学的信和执，是对艺术、思想、美和担当的信和执，也是对一种纯粹的、干净的生活的信和执。我的信和执如此纯粹、饱满和无辜，我以为它们坚不可摧，无往而不利；我以为即将进入的那个浑浊的、复杂的传说中的世界，也会像红海看见了摩西带领的以色列人一样，自动地敞开一条道路。

听到这个源于《圣经》的比喻，大家就明白，这个世界远比红海的波涛要诡谲和凶险。它不会一巴掌把你拍死，但会以各种书本上学不到的古怪的逻辑和障碍来缠绕你、混淆你、搅拌你、阻挡你；它以各种旁逸斜出的知识和光怪陆离的经验来诱导你和篡改你，它所使用的思维和逻辑，不是未名湖的，不是五院的，也不是李兆基人文学苑的，它自成体系，让你误以为那才是值得推崇的生存智慧，才是你在这个世界上赖以高歌猛进的真理；它时刻在向你高蹈的信与执挑衅，直到你像温水里的青蛙，被一寸寸篡改直至臣服和认同。然后，某一天，你从这个喧嚣的世界中抬起头，可能会发现，你的百炼钢早化成了绕指柔。你变了，即使你只是一个与书、与文字、与思想和艺术打交道的读书人。

非常抱歉，作为师兄，我没办法以过来人的经验教给大家如何战胜这个世界，因为在这漫长的十年里，我也每天都面临着被篡改的危险。我完全没有当初想象的那么强大。你慢慢就学会了折衷、妥协和沉默，慢慢就习惯了绕着圈子走，慢慢就被磨平了棱角，慢慢就会发觉，你手持“北大牌”知识行走在这个世界上，经常要恍惚和分裂，因为它们分属不同的检验真理的标准。有时候，你在镜子里都能看见自己那张捉襟见肘的脸。

不是我一个人这般纠结和撕扯。有一天我和大学同学聚，每个人都牢骚满腹，原来我们在经历同一种处境。我们都发现我们正离某个美好的东西越来越远，那个东西说堂皇点儿是理想，说得个人点儿就是毕业时的初心，就是我们当年抛帽时所持有的纯粹、饱满的信与执。

——我们浑身充满的那些使不完的力气去哪里了？

所以，十年来我不停地往北大跑。毕业后搬了好几次家，都在围着北大转圈，我要确保步行十五分钟能到北大。每一个毕业季，我都会出现在某个抛帽的现场，远远地看年轻的学弟学妹们往天上抛送他们的学位帽。我需要通过这样的场景来确证我们的初心，提醒自己守住内心的方寸。

基于此，我花了六年时间去写一部名叫《耶路撒冷》的长篇小说。我不是要讲一个好看的故事，也无意于去图状一个宏大的时代，我的初衷很简单：因为被篡改的惶恐，因为纠结、焦虑，因为心有不舍和不甘。我想知道，一旦有了觉醒的契机，我们还能否在这个摸爬滚打的红尘中站稳了自己，转过身往回走，一直走到当年我们抛帽的地方，走到我们人生抛帽的地方。

我几乎是以写论文的方式去写这部小说，我想论证我们还可以回到各位师弟师妹刚刚或者即将离开的地方。所幸的是，我论证出来了：我们可以回去。这也是我还对自己、对我们这一代人抱有希望的原因。

请相信，师兄不是危言耸听，更不是来砸场子的。我只是以一个纠结与失败者的现身说法提请师弟师妹们注意，知己知彼，做好准备，守住了，你的内心就可以永远是方的，一定要是方的。不要跟我这样，每年都出没在别人的抛帽仪式上，像个总也毕不了业的留级生。

来之前，金锐老师在电话里说，作为一个从事写作的老同志，我最好能谈谈“成功”的经验。这是个相当专业的话题。以我对写作这个行当偏僻的理解，“成功”就是一意孤行，就是一意孤行地犯错误：敢犯错误，会犯错误，一意孤行地犯错误。北大中文系肯定是全世界最能教给我们何为“正确”文学的地方之一，但是世界上最“正确”的文学肯定不止这些，因为还有无穷无尽的“正确”文学逐渐出现在地平线上。它们诞生的唯一途径就是犯错误——冒犯常规，看见别人没看见、看不见的，写出别人没写出、写不出的。当然，前提是修辞立其诚，要走心，你的确看见了，你的确想说出来。只要真诚、坦荡，文学可以一意孤行，文学也必须一意孤行。不唯文学如此，一个中文系的毕业生所能从事的所有职业，大概都需要一意孤行。认准了，走下去，让别人随便嘀咕，欧阳锋倒练九阴真经都练成了。

如果说一意孤行就是我的“成功”经验，那我还得抱歉，北大中文系的学生，最不缺的就是一意孤行。但在师弟师妹毕业之际，我还是愿意把这四个字单拎出来说，如同“不忘初心”，出了北大，“一意孤行”同样不是件容易事，即使在专业之内。世界从来没有如此复杂，牵一发而动全身。

再次向各位师弟师妹表示祝贺，也向中文系所有的老师致以最真诚的敬意和感谢，是你们为我们一茬茬的学生在精神上接通了北大的血脉。

2015年7月7日

知春里

新世纪.com

1

千禧年让我头疼，在这千年一遇的时间里我有一堆事要做：大学毕业，工作，立志看很多地方，读书和写作，开始新生活。最后一条最重要，我常常想象我是冷兵器时代的将士，将提刀纵马一个人闯进陌生的生活里。一直宏大的挂在嘴上的抽象的“生活”，即将由名词转变为形容词和动词，父母、故乡和学校都靠不住了，没有理由继续赖在一些人的怀里，我得替自己独当一面。这一年我二十二岁。胡风说，时间开始了，全世界为此提前一两年开始激动不已。我没感觉，我不相信2000年的第一天和1999年的最后一天有什么不一样，我也不想在秒针经过零点时听见那震撼世界的咔嚓一声——我的手表从来不准，守得再专心到头来还是个错误。我有一堆事要做，并为此焦虑，所以全世界越隆重我就越烦。他们如此真诚地拥抱新世纪让我觉得很傻，时间总要流逝，太阳落下去就是为了升起来，跟你们扯得上么？有朋友还真就提前跑到某名山大川，哆哆嗦嗦过了一个寒冷的仪式之夜，在凌晨看见千禧年第一天的太阳顶破了地平线。看照片时，我指着他紫不溜秋的脸说，擦掉你的清水鼻涕。他露出圣徒般的微笑，为了新世纪，流再多也值。

“新世纪”究竟该从哪年开始，十年了我也没得到确切答案。一说2000年，一说2001年，两派会一直争下去，现在到网上搜，依然各说各的。看来千禧年对很多人，的确莫名其妙地无比重要。千禧当天我在学校后门口买了一份《扬子晚报》特刊，一百多版，拿到手就卖废纸也赚钱，据说这一天的广告收入高达多少多少万。厚成那样，让我不得不另眼相看，打算当成千禧年的唯一纪念物传之后世。半年后毕业，行李实在太多，和那些精挑细选的书相比，我还是决定把它给扔了。

如果姑且服从“千禧派”的结论，那我新世纪的第一个细节就是报纸，我的新世纪从一份《扬子晚报》开始。那时候有电脑的学生极少，新闻主要从报纸中来，女生宿舍我不太清楚，反正男生楼里几乎每个宿舍都买报纸，以《扬子晚报》和《服务导报》为多。第二天满楼道都是旧报纸。我们一致认为宿舍楼里最有钱的是传达室的大爷，他楼上楼下地跑，每天都可以捡到半人高的废报纸。在宿舍楼里，千禧年的记忆一片灰暗，我能看见自己走在找不到阳光的潮湿走道里，两边挂满了长久不能阴干的衣服，散发着绝望的怪味，脚底下的报纸油墨漫漶。梅雨到来之前，南京也会有漫长的阴天。我住一楼，除了去图书馆和自修室写小说，绝大部分时间都窝在床上看书，每天看见潮湿和废纸沿楼梯往上蔓延。

本来我想看很多地方——明孝陵、燕子矶、江心洲，再去南京周围几个城市转转，我想时间足够，因为我不需要花时间去找工作。我从一个大学来到现在这所大学插班读书，照规定毕业后要回到原学校教书，定好了的。我打算在同学们忙着找工作的时候去游山玩水。事实是，哪里也没去成，总有琐碎的事情耽误了行程。我总会无端地为很多事情焦虑，也许仅仅因为不久生活就要开始新纪元。这些年都如此，内心里顽固地生发茂盛的出走欲望，但成行者甚少。在南京，南京的很多该去的地方没去；现在在北京，北京很多该去的地方也没去。我梦想漫游世界，当个背包族或者驴友，一不小心就给朋友寄一张远方的明信片，但最想去的几个省份一直没去，最想看的几个国家也一直没看。理由和借口总是有很多，我受着出走和停滞的双重煎熬。一遍遍地写有关“在路上”的小说，大约也是为纾解内心里的煎熬所致。

在毕业前，我在自己身上发现了缪塞《一个世纪儿的忏悔》中的“世纪儿”和屠格涅夫笔下的罗亭，他们的忧郁和犹豫，他们的懈怠和志大才疏，他们的彷徨和恐惧，他们的疏于践行，这些全都是我所痛恨的毛病。在世纪之初，我也是个有病的人，生活局限在校园，眼睛盯着纸和字，即便出门，也多是去逛书店和鼓楼邮政大厅，那里卖很多最新的文学杂志。那时候我想，如果我也要去东奔西跑地找工作，也许人会活泛些，年轻人应该有年轻人的样子。我喜欢安静，但不喜欢暮气沉沉。

2

所幸的是，我还是安静地读了一些书。这在教书时帮了我不少忙。回到原来的大学，我教写作和美学。对陈旧的写作理论我一点儿兴趣都没有，想必学生们更没感觉，我照我的设想做了一个写作课的提纲，以小说为主，从语言、故事、结构等小说的基本面入手，结合作家作品进行分析，间以单个作家整体作品的考察梳理，比如马尔克斯，我会把读过的他的所有作品都列出来，放在一起比较研究。我不要他们接受那些老生常谈的理论，而是让他们从具体而微处看见一部小说是如何生成的。

教授写作给了我巨大的乐趣，梳理、总结，得到新的体悟。我发现自己竟然读了不少书，这是灰暗和暮气沉沉的大学时代为数不多的鲜亮遗产。教授大三、大四学生的美学时，有些学生比我年龄还大，课间他们会拍着我肩膀叫“徐老师”，出了教室门就变成“小徐老师”或者“徐则臣”；在食堂里遇到了，我会主动地请他们吃饭。有一个学期我讲西方美学史，半年时间只讲了三个人：苏格拉底、柏拉图和亚里士多德。对三位大师我还算比较了解，但其中的弯弯绕绕讲起来颇费力气，我感到了力不从心。这课不能再教下去了，捉襟见肘事小，误人子弟事大，工作一年后我决定考研，还继续念书。

在我的愿望里，其实是希望能在一个小城市生活，读书、写作、工作，过懒散的日子，时光的速度到自行车为止，如果能回到骑驴过长安的年代，我也不觉得有什么不妥。但我又受不了长久地待在一个地方不挪窝，出走的欲望继续折磨着我。那么好吧，最痛快的出走莫过于连根拔起，我去别样的地方生活。我总以为我在教书的学校里不高兴，消息闭塞，没有人聊文学——文学在那里，是名副其实的一个人的事业。没有人告诉我，我的小说写到哪儿了，写得怎么样。我常觉得自己是在世界之外写作。

新世纪的那些伟大的消息总是和我们没关系，的确也没关系。我不看电视不读报纸，只看着自己和周围的人和小城一块成长。我们过着缓慢的生活，从经济发展到学术研究到我的写作到我兼任的中文系团总支书记的工作，以及从最初每月四百五十块钱渐渐涨起来的我的工资。对，我还兼任系团总支书记。前团总支书记出去进修了，系领导让我兼着，每周至少要开两次会，先听学校和系里的领导布置工作，再把工作向学生布置下去。我不擅长开会，在会场总觉得生命漫长得令人生厌，所以给学生会布置工作时，一二三短平快，说完散伙。在兼团总支书记的那段时间里，我发现自己缺少一心二用的能力，所有跟文学、教书无关的事，都让我手足无措。一个人的兴奋点只会越来越少，而世界越来越大，我必须攻其一点不及其余，有些必须放弃，有些必须抛弃，走为上计。所以我考了北大的研究生。

现在回头想两年的教书生活，早不是当年的激愤，回忆里充满运河边温暖的落日阳光。现在我经常回到那座城市，去战斗过的地方见过去的同事和朋友，喝酒聊天，借辆自行车一个人沿运河瞎逛。我还是喜欢自行车的速度。那时候不知道，这座城市已经部分地培养了我的文学趣味，决定了我小说里的重要故事和场景，已经给我提供了一个独特的观察世界的角度——在水路之间，在现代的边缘。我一度坚信它在世界之外，其实在世界之中，乃至世界的正中。那两年是充满

“事情”的时光，塞得满满当当，因为在我的回忆和重游中，细节越来越丰盛，让我觉得，我实实在在地“生活”过。毕业时对新生活的焦虑已经不在，硬着头皮进入了你会发现不过如此，剩下来的就是顺其自然，当然，焦虑又会来自另外一些问题。

2001年，如果把这一年作为21世纪的开端，那么我可以说，我进入了“新世纪.com”时代，这一年我终于有了一台电脑。14英寸显示屏，主机里的零件来自很多台更破旧的电脑，内存小得装不下一个像样的游戏。花了一千多块钱，三个月的工资，卖主是学校设备处的一个电脑维修人员。他把我带到报废品仓库里，指着一堆垃圾问我喜欢哪一个显示器、哪一个主机箱，几天以后他把我钦点过的东西拼在一起，说，看，跟原配的一样。几年以后，我在北大听到一个真实的段子，有学生想买二手自行车，在三角地贴出求购信息，很快有人找上门，带他去教室和宿舍前后的车棚里看，问他喜欢哪一款；第二天，他指认的那一款就到了他面前。我把这个段子用进了中篇小说《跑步穿过中关村》里。设备处的同志为了表示他的慷慨，多送了我一个鼠标。后来有朋友鼠标坏了，我把多余的那个送给他，被大大嘲笑了一通，如此低级的鼠标也好意思送人。当时我对电脑知之甚少，除了开机、关机、打字和基本的文档处理，啥也不懂。不过我总算有了电脑，成了一个靠敲键盘来写作的人。

感谢这台电脑，它让我更清醒地把自己定位为一个写作者，直到现在。此刻我在迅捷高效的笔记本上写作，若这电脑通灵，在我叙述它的前辈近亲时，是否也会为其间浩荡的近十年的光阴发出感叹？之前，我在大白纸上写，信笺纸我用反面，坚决不用线条和方格纸，那让我觉得不自由。但投稿还是要工整地誊抄在稿纸上，我是一个老实的文学青年，辛辛苦苦誊好一叠稿纸寄到编辑部，自由来稿，接下来等待石沉大海的命运。我总以为人家不用的原因只有一个——看不上，于是继续埋头看书和磨炼。不知道还有自由来稿可能根本就不看这回事。我以为就像写作者要写一样，编辑有什么理由不看稿子呢。

好在从1997年开始正儿八经写小说和投稿后，我已经习惯了无声无息地消失，也习惯了检点和讨伐自己，凡事先问自己为什么，总不会错。这是美德，多年后尝到了甜头，因为自我怀疑，我戒除了浮躁，扎出了看得过去的文学马步。对艺术而言，基本功不仅仅是起点，很可能也预见了终点。

3

北京风沙很大，传说中的沙尘暴我头一次去就赶上了，大街上到处可见头蒙纱巾匆忙赶路的人，我怀疑自己置身于阿拉伯的人群中。考北大之前我没来过北京，坐大巴进北京时天已经黑了，一路华灯，漫长的环线高速，我在想北京到底在哪儿啊。从未谋面的朋友到车站接我，我住进北京航空航天大学他的宿舍里。第二天风起，尘沙漫天，世界像盘古开天前一样混沌，我这个江苏人哪见过这样的白昼，很快就糊涂了。朋友送我到北大后因有事先回去了，回北航时我一个人走，车坐反了，越走越远。我的嘴唇发干，牙齿间尘沙在响。

被赋予的象征和仪式之意义消磨掉后，时间还是时间，分分秒秒坚持的是自己的节奏。从2002年之后，“新世纪”的响亮口号渐渐平息下去，我们重新生活在万古长存的时间里，至少进北大读书以后，我再没有被“新世纪”之类的宏大叙述所激动。21世纪和过去的20个世纪一样，时光浩渺，除了高科技日新月异地空前发展，除了因为先进的武器可以让一个人、一群人死得更有效率，除了因为环境污染等原因造成的癌症品种如此繁多，人类的所有情感和事物我相信和耶稣诞生的那一年没有区别，和正值这一年的西汉平帝元始元年没有区别。新世纪对我来说基本上成了一个抽象的名词，唯一一次形象化是2005年我的小说集《鸭子是怎样飞上天的》入选中华文学基金会的“21世纪文学之星”丛书。

但是沙漏一样的缓慢时光对个体有意义，对个体来说，稍微重大的改变都堪称惊天动地。北大三年，从2002年到2005年，足以改变一个人。

在此之前我的重要时段有两个。一是童年，我赤脚走路，在野地里狂奔，放牛、下水、推磨、插秧、割麦子，到收获完毕的田地里捡剩下的粮食，这个漫长而又快乐的自然启蒙，让我在被钢筋水泥封闭的城市里依然时时想起天空、大地和弯腰驼背的人，让我只有不断地虚构一条条回故乡之路身心才能稍事安妥，让我的字句有一个不竭的绿色和丰沛的水的源头。另一个时段是高中的后半部分。高二时我患了严重的神经衰弱，一直到进了大学才好转。这是把一个少年送入孤独、忧郁和幻想之境的最有效的病症，死不了人，但会把你整疯。我怕吵，极度敏感，找不到说话的人，尽管我努力融入同学们的快乐里，甚至也的确融合得很好，我依然有很多话、很多想法只能对自己说。你没法跟一个不明白神经衰弱是怎么一回事的少年说清楚，为什么你会整夜整夜浮在睡眠的表层，一根针落地也能把你惊醒；你也没办法让他们相信，你睡觉的时候会感觉到还有一个你站在床边看自己；他们不理解坐在安静的教室中你的耳朵里为什么能响起很多种诡异的音乐。一个人永远不能明白附着在另一个人的神经上的问题。我不能整天自言自语，只能在纸上写，一本又一本地记日记。在我的教育中，文学化的书面表达从来都是被忽略的，因为一种病我无意中把它捡了起来。在书面化的自言自语里，我把自己写开了，无心插柳地窥见文学的门径。而在此之前，我的伟大理想是成为一名大律师，在法庭上慷慨陈词，把死人说活，让稻草变成金条。

那么北大，它给予我的，是对文学和这个世界的更高一级别的认识。哪怕三年里我大部分时间其实是窝在宿舍里的一把廉价的电脑椅上，眼睛盯着书本和电脑，也可能仅仅是走神发呆，但当出了门，积蓄百年的人文传统会以各种琐碎细微的方式进入你的精神深处。你在这样的环境里生活、学习、施展想象、虚构、思辨和表达，背景里逐渐就会出现一个博大的整体观和幽远的历史轮廓。也许这就是一所好的大学所能给你的既现实又抽象的营养。而整体观和文学史观对我的写作和艺术鉴赏，竖起了清醒的路标和巨大的自信。还有我的老师，他的言传身教让我逐渐有能力将文学一一落实到艺术的最基本的层面上，而最基本的总是最重要的。

2005年毕业至今，我依然十分留恋北大的生活，不是因为我有多勤奋好学，而是我更喜欢校园里的纯粹和清静。我算不上好学生，对高深的学问提不起兴趣，考试和论文也不太上心，读书也任由自己偏僻的爱好，心思全放在编故事上。相比社会上的喧嚣和复杂，我更愿意待在清静的地方写小说。校门之外的事情常常让我疲于应付，生存、工作、交际，电话的铃声，日程表和备忘录，一天被切割成无数的一小块又一小块，而一天又一天永无止境。我希望一天二十四小时全是我自己的，可以让我想干什么就干什么。所以，我一直讨厌日程表和备忘录。

研究生的宿舍在校外，我们每天要坐车或者骑自行车十里路到北大。这十里路上我学到的东西也许并不比在北大里学到的少，它让我知道一个写作者该怎样使用自己的眼睛。这一路可能经过的地方：万柳中路南口、万柳中路、巴沟村、万柳新新家园、稻香园桥、六郎庄、海淀妇幼保健医院、海淀南路、苏州街、地震局、海淀图书城、海淀桥、硅谷电脑城、海淀体育馆、芙蓉里、蔚秀园，与蔚秀园东门相对的是北大西门。现在一闭眼我就能看见这条明晃晃的路线从北京地图里升起来，我走了三年。三年不算长，但在这三年里，这条路两边发生了天翻地覆的变化：一棵树栽下了，一片林子长起来；一栋楼建起来了，一个个小区住满了人；一个陌生人走过去，一群群陌生人涌过来；可能永在的突然消失，想象之外的骤然降临……如果不是一直在走，你可能会怀疑走错了路。2002年刚到万柳，宿舍周围全是低矮的小房子和废墟，大卡车穿过旁边的土路，尘土飞扬；毕业时，北京西北的这块角落成了新贵们争逐的要地，海淀区政府在这里落了户，公安局也安了家，高档社区一个接一个，最先进的服务业也及时地跟进来，房价像吃了激素见风就长。谁要跟你说他在万柳买了房，你基本可以断定这是个富人，而且不是一般的有钱。

我想说的不是财富的聚集和流散，我想说的是，在这条路上我看到了这个世界如何疯狂地变化，我看到了被改变的世界和改变世界的众多的人，那些来自五湖四海的人的走路姿势和面部表情，我对他们和对书本一样抱有顽固的兴趣。我想知道他们在想什么，接下来要到哪里去；我想知道他们和这个城市的错综复杂的关系。然后有了关于“北京”的小说。从2003年的《啊，北京》开始，《西夏》《我们在北京相遇》一直到后来的《跑步穿过中关村》《天上人间》和现在的《逆时针》《居延》。

事实上，这条路也是从北大进入社会的缓冲，没有这个缓冲，毕业后我可能会比现在还不知所措。当然，接触世界还有网络。到北大以后我才学会上网，打开电脑，整个世界在同一时间“扑面而来”，秀才不出门，遍知天下事，我进入了名副其实的“.com”时代。这时代既立体又平面。

4

毕业后我从原来教书的大学辞了职，做了文学编辑，每周三次穿过大半个北京城去杂志社上班。四年里搬了三次家，不堪忍受越来越高的房租，只是希望能有一个独立的书房，希望它大一点儿，能让我所有的书都有地方站起来。坐拥书城的感觉极好。现在我的房子依然很小，但至少有两间，我把最大的一间用作了书房，六个书橱壁立三面墙，我知道每一本书放在哪个地方，伸手就拿到，我终于过上了遥想多年的歪在沙发上随便翻书的日子。即使不看书，围着书橱转几圈也很惬意，花花绿绿的一排又一排，我觉得自己是个有学问的老地主，站在自家田头上张望，感到生活在这一刻非常美好。

关于北京生活感受，以及所谓的“京漂”问题，在很多文章里我已经被迫说过很多次。因为它的当下，因为它是我正在生活的生活，因为它还有更漫长的未来，所以，我觉得此前我说得已经太多了。感觉和想法终会过时、失效，硬邦邦的是生活中的一件件事，一个个拐弯的点。

和任何一个生活和工作在北京的人一样，我绕着家和单位两个点像蜘蛛一样不停连线。如果不出差，不外出，生活规律得可怕，乏善可陈。无非是到单位看稿子编杂志，在家写文章过日子；遇上假期，食物充足，我可以待在家里一周不出门。不是不愿意出门，而是不愿意出了门在人声鼎沸的大街上到处跑。如果不把这个城市作为观察的对象，北京的繁华对我毫无意义。我喜欢后半夜的北京，中关村大街上偶尔跑过几辆车，你会觉得尘土终于在此刻缓缓落定，张牙舞爪了一天的这个名叫北京的庞大固埃总算消停了。2008年春节没回老家，大年初一上午出门，中关村大街空空荡荡，简直令人心旷神怡，城市彻底地还原为建筑和马路、钢筋水泥和混凝土。

在北京待久了憋得慌，只要有机会我尽量出远门。大多是参加一些文学活动，这些公事公办式的出门与我理想中的出走实难相称，也聊胜于无了。换个空气呼吸一下，心里也跟着宽敞。若是好的旅程，也大可以增广见识、愉悦精神。这几年去得比较多的地方是上海，先是在上海作协和上海社科院合办的首届作家研究生班上念书，断断续续连着去了两年，然后是2009年4月，转到上海作协做了专业作家。

到上海对我不算是小事，在北京我“漂着”，不只精神上没着落——当然在哪里我精神都没着没落，包括故乡。回到老家我都觉得自己是个异乡人，“儿童相见不相识，笑问客从何处来”——身份上也

“漂着”，我揣着一个暂住证生活在北京。辞职以后，我的户籍档案留在江苏，在人才中心的档案架上安静地躺了四年，转到了上海。上海，这个在念作家班前对我还是个传说中的城市，出现在我新的身份证上。朋友们开玩笑，说我成了个写北京的上海作家。写北京只是因为我熟悉这个城市，在一篇文章中我说，如果碰巧待在东京、纽约、耶路撒冷和伊斯坦布尔，我也会写那些地方。我当然也希望写一写上海，事实上我对上海一直充满了探究的兴趣——我不喜欢喧嚣的大城市生活，但对北京和上海这样的城市满怀文学意义上的好奇。我想看一看全球化背景下，中国最大的两个城市在双骑绝尘的城市化进程中，城与人的关系；我想说清楚在最具代表性的两个城市中看见的和理解的，我想写出我一个人的“双城记”。每一次踩到上海的土地上，我都在想，我在一点点接近一个文学中的城市。

出远门总让我兴奋。2008年10月应韩国外国语大学之邀去首尔，2009年4月应美国克瑞顿大学之邀赴该校做驻校作家，一个人背上行囊，操着半吊子英语，兴致勃勃上了路。两次远行别样的景致的确看了不少，重要的是，有了一个机会从习焉不察的环境里抽身而出，用另外一种距离和眼光观看自我、中国和文学。在美国的时间长一些，我像个密探潜伏在日常生活的最底部，高速运转大脑和五官，我需要细节，作为直接经验的生活细节和可供反刍与辨析的思想细节。对自我的反思与对世界和文学的认识说到底是三位一体的，我既要拿自己当外人，又不能拿自己当外人。你要充分敞开，然后接纳、过滤、生发和抽象。在这种长途中，我觉得世界和内心都是开阔的，神思邈远安宁，拿得起也放得下，放得去也收得回，很让我迷恋。

近事模糊远事真，因而远事繁复近事简明，灯下之黑必要假以更久的时日才可以述说清楚。要而言之，也许我可以说，2005年以来的生活其实只有简单的两部分：归来和离开。归来工作、读书和写作，日常生活；然后出大大小小的远门，长亭之外，古道旁边，让那些累积多年的出走欲望一步步得以伸张。

归去又来。不唯五年，这十年何尝不如此。

2009年9月7日

知春里

03 书旅人生

我不知道这个世界有多大，
我也不知道那个广大的世界里都有什么，
我只在头脑中抓住我抛进水里的树叶和纸船，
想象它们可能漂流到哪里。漂流到哪里，
我想象的世界就能拓展到哪里。

河流指引我到世界去

我看过一本叫《河流是部文明史》的书，顾名思义，讲的是河流与人类文明之间源远流长的紧密关系，甚至可以说整个人类文明进程都是围绕河流展开的。这本书立论宏大且精微，让人震惊又大受鼓舞。水是万物之源，是人类赖以生存的根本。由此生发开去，完全可以做类似的论断：大者可言“河流是部文学史”，小了可说“河流是部成长史”——仅以中国文学观之，河流确乎可作一部皇皇的文学史。《诗经》以降，哪一部文学典籍离得了江河湖海？就算那些讲述茫茫沙漠和戈壁滩的故事，也缺不了汹涌澎湃的海市蜃楼幻景。文学是鱼和水草，上了岸都活不成。这是大话。往小了说，河流也的确能贯穿一个人的成长，不是指一辈子得靠喝水活着，而是河流真正地参与了他生命的历程。比如我。

不错，比如我。我是江苏人。大部分国人对

江苏的第一想象恐怕都是水。江苏是江河湖海四样都占全了的省份。在多水的江苏，相对缺水的是苏北，我就是苏北人。但即便是苏北，在我小时候，水也足够丰沛。何谓丰沛？指标之一，每年夏天要发一场大水。我家屋后有条河，叫后河，一到夏天，上游的水灌下来，就水漫金山，所有的桥都被淹掉，想过河往北走，只能凭感觉，在奔流的大水里用脚寻找看不见的石桥。那真叫摸着石头过河，一脚踩出界，就掉进水里。走在桥上和掉进水里差得也不太多，一个水到腰部，一个没过头顶，衣服都保全不了。放牛的小孩儿本来就不爱走正道，这时候乐得不走桥，找个好下水的地方，抓住宽阔的牛角，让牛捎着到对岸去。

河流是那个时代乡村少年的乐园和最忠实的玩伴。一年四季你都可以在河流中找到乐趣。

发大水对大人而言是个愁事，塘里圈好的鱼跑了，河边的庄稼被淹了，过桥也搞不清路在何方，还要担心娃娃们掉河里被淹死。我们不操心这些，大水来了像过节，莫名兴奋，过河有牛，鱼到处乱跑更妙，谁抓着算谁的，我们把逮鱼的家伙什儿全拿出来，下一趟水就不会空着手上岸。大水退了，是另一种抓法，桥洞里、石缝中肯定躲着不少被激流搞得晕头转向的鱼，只需要伸手抠住它们的鳃。不发水也是一条好河，游泳、捞鱼摸虾、河边玩泥巴，一样都不耽误。有一段河面生长大片荷花，我们游过去，摘荷叶，折荷花，长大后觉得极无聊的一根长满刺的荷茎，那时候也能哼哧哼哧玩半天。采藕要到晚秋，下水不敢待太久，凉，不过要是运气好，采到一根长藕，一节连着一节，一两米长，一根就够全家吃好几顿的。实在凉到下不去水，就坐岸边看人采，跟着吆喝几声。穿皮衣的采藕人高兴了，也会顺手扔几节胖藕给你，见者有份。后河是整个村庄的，莲藕野生，也该共享。

苏北四季分明，夏天够热，冬天也够冷，风雪和冰冻如约而至。到冬天后河枯水，冰就结得厚，雪化了那一层也是白的，滑冰是必须的，满河都是大人小孩儿。男孩儿毕竟胆大张狂，我和伙伴们把自行车推到冰上，在后河里骑自行车，摔过很多次，无妨，爬起来继续骑。我喜欢结冰的后河。家里只有一辆破旧的自行车，大人要用，我们去镇上赶集就只能步行。来回十五里，能省点儿力就省点儿力，那就走冰上。后河从村西头流到村东头，这一段路单程也有一里多，我们就可以溜着走，跑几步，滑出老远，再跑几步，又滑出去老远，滑上几次就出了村子。

去往镇上，沿途还有很多条河，可以一路溜过去。事实上在很多年里，我们都是以河流给自己定位，哪个村庄在哪条河的某处，我们在哪两条河之间的什么位置。从后河往北，我可以再数出平行的四条河，三五百米就是一条，一直到国道。国道再往北，依然有河，不过那已经是别的村庄地界了。

那些年，河里有鱼，河边生长着芦苇，浩浩荡荡的芦苇在夜晚仿佛藏纳十万伏兵。尤其是月黑风高之夜，大风拉弯芦苇，芦苇荡如同起伏的大海，我去田里找还在干活的父母，一路都觉得脑后生凉。一个小孩必须大声跟自己说话才能稍微挺直腰杆，但走着走着腰杆就软下来，声音也跟着小了，成了自欺欺人的耳语。我常有一个奇怪的感觉，觉得自己是在黑暗的芦苇荡边长大的。我在涌动的芦苇荡边越走越快，个头越来越高，身板渐宽，力量渐厚，在芦苇荡尽头，我从一个男孩走成少年，然后走成一个离开故乡的年轻人。

唯一没有尽头的就是河流。你永远都走不完，你也永远都走不到它的前面去。十一岁那年我去镇上念初中，校门前是一条向西流淌的运河。很多年后，我写的第一部长篇小说，最先就取名叫《河水向西》。我老家距离黄海不远，百川东到海，大河向东流，这世上竟有西流水，每天走在水边，都觉得在和奇迹同行。初三之前不让住校，我爸在镇上医院给我找了一个房间，和另外三个医生的子弟住在一起，每天上下学都要从河堤上走。我总是下到水边，踩着黄沙和运河水动态相交的边缘，一路踢踢捡捡，两年时间床底下积了一大堆石头。沙滩上总会冒出大大小小的好看的石头，偶尔还有晶莹剔透的小块水晶。我们那里产水晶，据说全国储量最大，纯度也最高，建房子打地基和开荒种菜，不小心就能挖到水晶。

运河水流甚疾，我喜欢往水中丢树叶和纸船。没想过污染环境，只是想看它们能走多远。丢进水里后，我目送它们往远处漂，一直漂，直至不见。然后天马行空地想：一个小时后它们会到哪里？一天后呢？一个月后呢？一年后呢？狭窄的生活激发起我对遥远世界的想象。我不知道这个世界有多大，我也不知道那个广大的世界里都有什么，我只在头脑中抓住我抛进水里的树叶和纸船，想象它们可能漂流到哪里。漂流到哪里，我想象的世界就能拓展到哪里。直到现在也如此，我对中国和世界版图的体认，并非来自标示红黄蓝的线条和各种比例尺的地图，而是行进在想象中的某一个实物上。在河流中，为我扩展世界的是树叶和纸船；在陆地上，是火车，铁轨终结之处就是我想象中世界的尽头；在天空里，是飞机，小时候我会为每一架经过村庄上空的飞机想象一个目的地，那个目的地有多远，我想象的世界就有多遥远和辽阔。河流负责把一个乡村少年带到遥远的世界去。

那几年，我一直想找机会沿着校门前的运河往前走，看它最终流到了哪里。遗憾的是，初中毕业三十多年了，也没能付诸行动。也好，就让它无穷无尽地流下去吧，流至无尽头，流到地老天荒。这条名叫石安运河的河流滋养了我。到初三，终于可以住校了，我依然每天往河边跑。中午我们到运河里游泳，打架也约到运河里，解开不知谁家的一条小船，两个人划到运河中央，打输的自然落进水里，胜利者划着小船回到岸边。到冬天，宿舍的自来水管冻实了，起了床我们就端着脸盆牙缸往校门口跑。运河水深流疾，轻易不结冰，水反倒是温暖的。胖胖的河流白天吸饱了阳光，清早水汽氤氲地将热量反哺回来。我们这些住校生在河边齐刷刷蹲成一排，刷牙洗脸整齐划一，像集体做广播体操一样。

离开故乡去念大学时，我肯定不会想到，作为十八年里最重要的生活背景的河流，还会继续跟随我，见证我人生和写作的双重成长。当然也可以说，是我在追随着河流，一起奔赴远方。的确，从把树叶和纸船第一次抛进水流，想象它们可能到达的远方开始，河流就在指引着我到世界去。

大一、大二在淮安念。这座古老的城市曾诞生过淮阴侯韩信、《西游记》作者吴承恩和开国总理周恩来。这座城市中有比韩信还要古老的运河。春秋时期吴王夫差征战中原，从时名邗城到今为扬州，开凿过一条名为邗沟的运河，终点即在今天淮安的古末口。运河大大缩短了吴国进军中原的路程。吴越将士善水战，先前北上，要从长江转黄海再进淮河，兜一个“D”形的大圆弧。邗沟开通后，走的是“D”的那一竖，事半功倍。兵贵神速，救援和补给当然是邗沟更给力。

岁月不居，邗沟流到了隋朝。隋炀帝动用了他卓绝的想象力，决定在华夏大地上再拉出一道超长的伤口，让运河从淮安继续北上，直到东都洛阳。这还不算完，水往高处流，运河继续北上，一直到涿郡，就是今天的北京。从南至北，到洛阳的这条运河，即隋唐大运河。传说隋炀帝开运河是为了去扬州看琼花和美女，这显然是瞎扯。杨广对天下自有他宏伟的想象和规划，此处不赘言。

到元朝，皇城建在了大都。新兴的都城从城建到所有人的吃穿用度，都需要繁华富庶的南地供应。如何实现可持续的、源源不断的供应？元世祖忽必烈决定重新疏通隋唐大运河已堵塞和淹没的河道，同时裁弯取直，运河不再拐到洛阳，直接从杭州奔着大都来。从杭州至大都，也可以说从大都至杭州。大都者，北京也。京杭大运河就是这么来的。

古邗沟、隋唐大运河、京杭大运河，都经过淮安，运河穿城而过。到今天亦如此，里运河穿过市中心最繁华的一带，而我读大一、大二的学校就在里运河不远处，出校门步行十来分钟就到了运河边。两年里乃至以后的若干年里，我无数次来到里运河边，无数次跨过这条河，无数次沿着河流上下游走。调研、走访，到捕鱼的连家船上做客，跟跑船的师傅和老大们拉家常，顺带把千百年来运河的一次次改道也大略了解了一遍。我给自己选了一门一个人的“运河研究”课。

河流再次成为我的生活背景。我继续依靠河流来拓展对世界的想象。小时候不会学习，弄不清楚一条乡间河流的来龙去脉，现在“望闻问切”都会了，京杭大运河的前世今生就整明白了。于是，京杭大运河以淮安为原点，在我的想象中同时向南北两端延伸。作为一个穷学生，我没法拎上包来次说走就走的旅行，但是坐拥图书馆，我可以读书啊，用书籍中的知识和故事来支撑我对河流与世界的想象。从大一这一年起，我开始写小说，也开始了以河流为故事背景的小说写作。

一晃二十多年，运河在我的小说里越来越长，越来越复杂，从时间到空间，从地理水文到民俗风情，从社会生活形态到文化形态，都曾以长篇、中篇或短篇小说的形式展示。可能是现实中的运河，也可能是纯粹虚构的运河。运河成了我小说中最可靠的故事背景。后来负笈北上，继续攻读，运河在我个人生活的意义上终于“圆满”了，我来到了京杭大运河的一个端点——北京。北运河、通州、张家湾、燃灯塔、通惠河、积水潭、郭守敬纪念馆……这些年我反反复复走了很多遍。诗人陆游说：“纸上得来终觉浅，绝知此事要躬行。”你在纸面上想象的一条大河，跟你在河边想象的那条大河，肯定不是同一条河。直到这时，我才对运河有了一个相对真实和完整的认识。运河也已然不甘于只做故事的背景，它胸有成竹，要到小说的前台来。

这便是自2014年始，我花了四年时间写作完成的长篇小说《北上》。这部作品以京杭大运河为主角，聚焦一百多年的历史，在1797公里的辽阔空间中，集中呈现了一群与这条河相关的各色人等。再伟大的河流也不会自己开口，它的故事必须经由一个个活生生的人来讲述。人的故事就是河流的故事，河流的故事最终也是人的故事。小说写作期间，每天萦绕在头脑里的，不只是十八岁那年开始认识的京杭大运河，还有十一岁时校门前每日西行的石安运河，以及从记事起就忘不掉也放不下的故乡那一条条大小河流。

写作从来不是就事论事，写运河肯定不能只盯着运河。在准备创作《北上》时，我的案头工作和田野调查涉及最多的另外两条河流，一是淮河，一是长江。我把它们视为“周边问题”，“周边问题”必须弄明白。看清楚淮河和长江，你会更明白运河。在形态和功能上，这两条河跟运河最为接近。另有一个更为个人化的原因，那就是我对这

在花街

两条河相对也更熟悉。淮河东流入海，没有直接的入海口，而是分五条河流分别入海，其中一条河经过我老家。家乡事再陌生也算熟悉。此外，谈京杭大运河避不开淮河，是因为淮河和运河在淮安这地方纠缠不休，很多年里既互惠，也互患，互为彼此。所以，淮河也是我的“必修课”。

至于写长江，根本原因是我是江苏人，碰巧又在南京生活过两年。从南京往下至入海口这一段的长江下游部分，被称为“扬子江”。当然，当年的外国人，尤其在传教士口中，他们把整个长江都叫扬子江。我的大学三年级和四年级到了南京念，从运河畔转至长江边，对一条更阔大辽远的江河，怎么可能视而不见？六朝古都留下了丰厚的遗迹，但与中山陵和明孝陵相比，我更好奇中山码头和燕子矶。旧金陵的帝王气固然雄强，秦淮河的脂粉气当然也迷人，但扬子江的氤氲水汽让我的身心更为调和。在我看来，归根结底，是长江的水汽成就了南京的帝王气和脂粉气。时至今日，长江依然是我的好奇所在。每次去南京，都要到长江边转一圈，什么也不做，就闻闻味。那浩渺的江面、浮动的船只、江边的游人、浑浊的长江弥漫出的水腥气，瞬间就能让我这个奔波的游子从容、安妥。

长江和运河之间必定存在更为隐秘也更为紧密的关系，眼下我还无解。但这个无解显然唤起了我更大的好奇。从2022年开始，我本能地关注几乎所有与长江有关的信息，似乎都缺少过渡，一不留心书架上就摆满了各种资料。在可见的未来，我大概要继续跟着河流往前走了。由运河而及长江，从一条大河到一条更大的河，会是一次通往历史深处和高远源头的探秘与跋涉吗？

有学者认为，河流对文明进程造成的影响超乎我们的想象。那么，具体到人，具体到个体的人，与河流是一种什么关系？就近说，就个体而言，如我，完全可以断言：河流确证了我的成长，在生理和志业的双重意义上。毫无疑问，河流堪称一个人的成长史。那么这种成长，再往深处走，又意味着什么？

想起两千多年前的孔老夫子，那时候夫差正在开凿邗沟，“子在川上曰：逝者如斯夫”。想到杜甫，他已经反复经行长江和隋唐运河，某日，他怀抱悲秋之念，独持多病之身，登高望远，“无边落木萧萧下，不尽长江滚滚来”。还有那个“孤篇盖全唐”的寂寞的张若虚，“不知江月待何人，但见长江送流水”。他们说的当然是河流，但归根结底说的是时间，说的是河流以其滚滚不息所蕴含的人与时间的互证。

我与河流，人生如送流水，亦当如是观。

让沉默的河流说话

——在德黑兰国际书展上谈长篇小说《北上》

2500年前，正值春秋时期，诸侯割据，小国林立，地处南方的吴国的国君夫差想北上征讨中原，于是开凿了一条名叫邗沟的运河，以此沟通长江与淮河，运输兵士和粮草。这一段只有197公里。581年，一个名叫隋的王朝在中国西北的长安定都。第二代皇帝就是著名的隋炀帝杨广，此人在民间被认为是个穷兵黩武、骄奢淫逸、不务正业的君王，因为他执政的大部分时间里都不在长安皇宫里，而是来回穿行在东都洛阳和南方的城市扬州之间。为了更方便去扬州，他决定挖一条河，这样就可以从洛阳坐船一直到达扬州。他要去扬州看琼花和美女。当然真实情况不是这样，他是一个抱负高远、有雄才大略的皇帝，他在规划天下的时候，像诗人和作家一样有丰沛的想象力，否则不可能设想出要在邗沟的基础上挖一条大河联通大半个中国。当然他运气很不好，这条被后世称作隋唐大运河的人工河流，成了“亡隋之波”，杨广死了，但大运河留了下来。

到元代，蒙古人的铁骑统一中国，定都大都（即今天的北京）。此时也是意大利人马可·波罗到中国的时期。那时候的北京风沙肆虐，物产贫薄，王公大臣和无数的戍边将士的吃穿用度都跟不上，怎么办？南方富庶，“苏湖熟，天下足”，必须把那里的好东西运过来。怎么运？皇帝忽必烈决定不再绕路，把隋唐运河疏通好，再裁弯取直，水直接引到大都来，这样装满粮食和布匹的船只就可以从鱼米之乡一路运将过来。这就是今天的京杭大运河，从杭州到北京，1797公里，比原来少走了900公里。这条河被用来运粮食，所以叫漕河。漕者，以水转谷也。

我的长篇小说《北上》，写的就是这条河。

如果把这条河仅仅理解为舟楫之利，就是来来回回运运粮食和蔬菜，那就错了。中国有五大水系，从南到北依次是钱塘江、长江、淮河、黄河、海河，这五条大水都是东西走向，把中国的版图分割成了六块，这种分割导致各部分之间政治、经济、文化、物产、气候等都有巨大的差异。水的力量人类永远不能低估。这五大水系影响有多大？中国有个成语：南橘北枳。说的是淮河以南产的橘子，到了淮河以北就变成了枳。一河之隔，水土不服，就变成了另外一个东西。河这边的方言到了对岸，那边的人可能就听不懂。这个时候，又有一条大河，它从南到北把东西走向的五大水系贯穿在一起，就像人的大动脉从头到脚把身体里的各个血管支流联通起来一样，这条河，就是京杭大运河。

我的长篇小说《北上》，写的就是这条河。

的确，京杭大运河自元朝开始，就不仅仅是一条南北走兵运粮之河，它还是政治经济文化物候等诸方面交流融会的最重要的通道。从秦始皇统一六国开始，中国就开始进入大一统的政治模式。隋唐以降，尤其元明以后，大一统是中国政治的常态。很大程度上得益于这条大河，上行下达，上行下效，帝国的权威可以通过一条河迅速地贯穿整个中华大地，国家与民族的认同感与向心力，借助这条河。经济更不必说。中国有句老话：要想富，先修路。京杭大运河就是那个时代的交通大动脉，名副其实的高速公路，漕运时代最繁华的城市，几乎都分布在运河沿线。正因为物流通顺，商贸和交易才畅达，南北融通相互补济，才可能成就后来的康乾盛世。

“要想富，先修路。”这话也适用于文化。文化之“富”，也需要交通便利。写《北上》时看过一则史料：清代长洲（今江苏苏州）人汪琬在京城做官，某日一群同僚聚众聊天，相互夸耀自己故乡多有特色，特产如何丰富。轮到汪琬，他谦虚地说，敝乡“特产绝少”，但有一样。同僚问，哪一样？汪琬说，状元。一众达官显贵不吭声了。汪琬的这做派，用今天的话说，叫“低调的奢华”。状元在那时候，算是“文化之最”了吧。他的底气从哪里来？列一个数据：有清一代，自顺治三年（1646）开科取士，到光绪三十二年（1906）废止科举，260年间一共出了114名状元，苏州一地有26名，占了近四分之一。为什么苏州文脉如此发达，源远流长？因为京杭大运河经行苏州，这里是交通要道。

中国古典文学中有四部著名的长篇小说——《红楼梦》《西游记》《水浒传》《三国演义》，合称“四大名著”，可能早已经都翻译成了波斯文。没有京杭大运河，可能这四大名著都不一定有问世的机会。曹雪芹的祖父曹寅，当年康熙皇帝身边的红人，一度受命在扬州刊刻《全唐诗》，每次康熙皇帝沿运河下江南，曹寅都负责接待。运河边的经历影响过曹寅，肯定也影响到了后来的曹雪芹。在《红楼梦》中，林黛玉进北京，就是坐船走的运河，在北运河的大码头、通州的张家湾上的岸。《西游记》作者据考是吴承恩。吴承恩生长在淮安河下古镇，该镇是京杭大运河沿线的重镇，曾是清朝特派盐运使驻地。这个小小的镇子，明清两朝出过67名进士、123名举人、12名翰林。没有运河就不会有河下镇，没有河下镇就没有吴承恩，没有吴承恩也就不会有今天我们读到的《西游记》。从吴承恩故乡沿里运河南下，很快就到了《水浒传》作者施耐庵的老家，江苏兴化。只有对水边生活极为熟悉的人，才可能把水泊梁山的聚义生活写得如此地道，而小说中的梁山，也地处运河边上。《三国演义》的作者颇多争议，一说罗贯中，一说施耐庵，一说施耐庵与罗贯中合著，不管哪一种说法更接近真相，都与运河有关，因为罗贯中据说是施耐庵的弟子。老师生活在运河边上，弟子料想也不会跟运河绝无瓜葛。四大名著之外，中国古典文学中还有一部“奇书”《金瓶梅》，小说的故事背景地清河县实为山东临清还是远在淮安的清河，跟运河都断不了关系。没有这条大河，也断不会有《金瓶梅》。

由此，我们可以理直气壮地说，这一条大河，不唯繁忙地转运了粮草，而且是政治权威贯彻的通道，还是一条融会文化乃至催生新的文化与文明的要道。如此评价这条河依然不够，因为深究下去，中国人的思维方式和内陆文化的形成，都可以在这条浩荡的大水中部分地找到源头。有学者认为：中国文明的讲述，说到底就是讲清楚两件事，一个是横着的长城，一个是竖着的大运河，两件事弄妥了，中国的过去和现在就都明白了。鄙人才疏学浅，不敢妄断这结论是否一定科学，但以我对这条河的理解，此言非虚也。这也正是我决定以《北上》写这条大河的理由之一。

但我是个小说家，不管你的书写和探讨的对象如何高深、伟大，你都要以小说的方式去呈现。小说靠什么？人物、故事、细节、结构、语言，如同一座宏伟的建筑，你必须从一块砖、一片瓦开始，沉着笃定地一点点垒起。所以，我虚构了一个意大利人，他在1901年春天的某一天，沿着京杭大运河北上，去寻找他的入侵中国的弟弟，另一个意大利人。他在北上的途中与随行几个中国人，翻译、保镖、脚夫、水手，建立了生死与共的关系。在抵达大河尽头时，他不幸离开了这个世界，但那些中国人，那个潜藏在中国的弟弟，他们以及他们的后人，从此与这条河结下不解之缘。1901年，作为漕运的大运河结束了自己的历史使命；2014年，那些与大运河结下不解之缘的后人们，在这条大河边再次相聚。于是，汤汤大水成了一面镜子，映鉴出一百多年来中国曲折复杂的历史，和几代人深重纠结的命运。一条河流的历史，是几代人的历史，也是一个民族的历史，只是，这一种家国历史是以个人的、隐秘的、日常的、细节的方式呈现出来。

小说还需要什么？激情与爱。我从小生活在水边，在这条大河边也曾生活过多年，这条绵延近两千公里的长河成为我认识和想象这个世界的最重要的途径和尺度。它是我生活的沉默的背景，写《北上》，我要做的就是让沉默者开始言说，把多少年来我听懂的这条河的故事，以文字的形式讲述出来。

看《围城》的那些年

我整个少年时代的阅读，几乎都和藤椅有关，我不喜欢书桌那种僵硬的阅读姿势，曲折流畅的藤椅更适合我的懒散。那些年我看《围城》，蜷在一把旧藤椅里，像只猫。藤椅是旧的，《围城》也是旧的。《围城》是从上高一的一个朋友那里借来的，那时我上初一，这是我第一次完整地接触一本“纯文学”长篇小说。书皮上印着斑斓的水渍，中间破了一个洞，每一页的边子都在翻卷起毛。我小心地翻动，怕更多的毛起来，但是后来，那个高一的朋友说，算了，那书就送你了。他还有两本。这个收藏《围城》的爱好传染给了我，我一度拥有四本《围城》，也曾像他那样，把一本看旧了的《围城》慷慨地送了人。

之前我的阅读相当杂乱，什么都看。那时候还不知道什么叫文学，只看好看的、好玩的，能找到的。后者对我更为重要。乡村的条件比较差，可看的书少得可怜。现在想来，在《围城》之前，除了课文，我完整地读完的一部纯文学作品就是《小二黑结婚》。是从挂在梁头的我父亲的杂物里翻出来的，是他当年的课本。二诸葛、三仙姑，看得我咯咯地笑，觉得好玩。其他的就是祖父订阅的《中国老年》和《半月谈》。祖父平反之后，一直锲而不舍地订阅这两种杂志，他对我们国家是那么的热爱。这几年，祖父八十多岁了，我每次回家，他都要对我进行国情和政策教育，态度严肃、真诚。

然后是武侠小说。我从五年级开始看武侠小说，看的第一部武侠小说是《金弓神掌日月刀》，忘了作者是谁。那时候看书从不记作者，甚至都忘了书是人写出来的这回事。书是邻居的一个男孩给我的。他比我大，和我同班，因为个头高、年龄大，而且有着丰富的武侠小说来源，有点儿瞧不起我。我成绩很好，但是除了他我找不到武侠小说，只好低头领受他的俯视。武侠小说真是好啊，我都看懵了，人怎么能成为这样呢？看《西游记》小人书，我也觉得奇妙，但知道孙悟空、猪八戒跟人是没关系的；但是武侠小说就不一样了，他们是人，不过是身上有刀，手中有剑，袖子里有飞镖，他们指哪打哪。那种日子过起来真像做梦。我一头扎进去，也是在那把旧藤椅里，一口气看到点灯，家里人都吃完了饭我还蜷在里面，腿脚都麻了。看完了两脚落到地上，两眼开始迷离，觉得世界一下子变了，整天看着家里人的几张脸，吃相同的饭菜，都绝望了，恨不能提气抬腿钻进武侠小说里。其后又看了很多，《三侠剑》《胜英保镖》《青城十九侠》《边城刀声》等，拿到手就看。记住了胜英的师兄“大头剑客”夏侯商元的外号：镇三山、挟五岳、赶浪无丝鬼见愁、大头鬼王剑客。

其间，我还看过半本《艳阳天》。当时不知道书名，找到的时候就没有封皮，也不关心，拿过来就看，觉得也很好玩，然后就没了。这个半截子小说让我好长时间都不舒服，总惦记着下面的故事。

这些大部头的书一本一本地翻，就到了初一。那时候我住在镇上医院的职工宿舍里，同宿舍的一个念高一，他和后来借书给我的那个人同班。我曲线救国，二转手搞到了不少书。那时候觉得那哥们儿书可真多，而且都是名著。进了初一，我才知道名著的厉害，老师强调得那么重要，都让我胆战心惊，我什么名著都没看过。看过的都被视为垃圾，不入流。原来阅读是有等级的。所以我一心向上，想方设法积极进取。听舍友说他同学那里有名著，整天巴巴地跟着他，让他借。终于得手了。搞到了一本《围城》。正好学校放暑假了，我把《围城》带回到藤椅里，一个假期看了两遍。

看得结实、长久。都舍不得看了。有种高山仰止之感，名著呢，而且借书的朋友再三向我鼓吹小说有多么精妙，他当时把《围城》看作《圣经》，在很长的一段时间里，《围城》对我来说也是《圣经》。所以我想我总得看出点儿什么，要不就太没水平了，要不我一定会看不起自己的。我窝在藤椅里，刚开始还记着要看出东西，看着看着就忘了，就只顾着笑了，笑得藤椅咯吱咯吱响。我从午饭过后就把藤椅搬到门前的树底下，一直看到黄昏，看到睁着眼也看不清字。一个小说竟然让人如此笑个不停，我翻来覆去地看，看一会儿就回头再看，走三步退两步。我小姑当时在外地工作，回到家见我如此用功，大为赞赏，发现我看的是《围城》，更加赞赏，跟我父母说，让我看书，别让我干活。她可能以为我会成为徐家的文曲星。

《围城》大概是我从武侠小说和其他乱七八糟的读物进入正经的文学的第一本书，它满足了我当时的两个需要：一个是阅读名著的虚荣心；另一个是它延续了我在其他书中得到的阅读的乐趣。名著也可以很好玩。好玩是我那时候评价一本书的唯一标准。《围城》给我打开了一个通道，让我从通俗读物顺利地进入了文学名著。《围城》之后，我从朋友那里就只借名著了。即使外国的，也逐渐能深入进去，对那些拖得老长的洋名字也有了兴趣，接着看出了越来越多的东西。

初一的暑假我把《围城》看了两遍，其实不止。看完了就抄，好玩的句子和比喻全抄下来，规规矩矩地抄满了一个大本子。然后学《围城》的腔调说话，刻意地去找比喻。在以后的好多年里，我几乎每个假期都看一遍这本书，尽管已经很熟了，有的句子还是忍不住再抄下来。高中时，我向同学吹嘘，《围城》里所有的比喻我都会背。这是事实，那时候记忆力也好，何况看了这么多遍。钱锺书的比喻和说话方式在相当长的时间里影响了我，刚写小说的那几年，我的小说里充斥着大量的“钱式”句。后来因为不太喜欢那种文字表达方式，才逐渐在小说里改变了面目。但《围城》的影响实在难以消除，差不多已经浸到骨子里了，一直到现在，熟悉的朋友都觉得我说话有时很刻薄，不厚道。我总是辩驳说，现在的人是越来越不爱听真话了。说这话的时候，我总不免有几分得意，然后想起钱先生和《围城》，以及蜷在藤椅里的那些年。

2004年12月21日

在北大万柳

书越读越少

有大学问的人常说，书越读越少。意思是：垃圾太多，可看的书越来越少；融会贯通“读开了”以后，书定然越读越薄，以至于“半部《论语》治天下”，书肯定也越读越少了。虽然书越读越少，收获却越来越多，这差不多是读书的最高境界了，我等俗人是妄想不到了。要说读书的意愿，我倒是希望书越读越多，“一日看尽长安花”最好。到书店或者图书馆，三下五除二，像电影里的机器人，抓哪本看哪本，看哪本记住哪本，把大脑训练得跟信息储存器的芯片似的，一天就可以速成为百科全书。

机器人离日常生活还有点儿远，我羡慕两种人：觉睡得少的，书读得快的。我读书慢，慢到了几乎得一个字一个字在头脑里念出声来才行，一天上班和诸种杂事忙下来，坐到书桌前，看一架架书安稳地摆在刚买来的位置，人就急得不

在福建一个古镇上

行，这么多书什么时候才能看完啊。我烦的不是要看书，而是焦虑看书的时间太少。要是一天只需要睡三四个小时就好了，可以节省下另外三四个小时看书。古人说，昼短苦夜长，何不秉烛游。如果这是一个好读的书生说的，那咱俩的心思是一样的。的确有人一夜只睡三四个小时就足够，这样的人有福了。读书快的我也羡慕。常有朋友说，一天看完一本书，三四十万字，还是精读。听了我就流口水，他是怎么做到的？精读，没法一目十行，三四十万字，除去吃喝拉撒睡，他是如何把这庞大的数目数完的？想不明白。我真是羡慕得不行。

我的主业是编辑，每天要看大量稿件，稿件多半都得精读，所以每天都被文字弄得焦头烂额。以我的数字式的阅读习惯，应该更适合当校对。碰巧现在报刊社都穷，越来越雇不起专业的校对，我这样的编辑顺带连校对的活儿也一起干了，领导很高兴。

鉴于以上种种，跟大学问家一样，我的书基本也越读越少，只是原因是反着的。

不过话说回来，就事实而言，书真的是越读越多吗？好像不尽然。据我所知，绝大部分专业人士都是越读越少，不是因为时间不够，也非阅读速度跟不上，而是阅读越来越变成专业的研究式阅读。关于阅读，多年来我们都被告诫，要警惕功利化，要做平常心的、开放的、审美的阅读，但进入专业领域，实在很难不“功利”。你会越来越局限在跟专业相关的阅读，你要寻求灵感，你要获取资料，你要在相关的书籍中得到自身研究的呼应与确证。专业领域的阅读，喜不喜欢已经不重要，有用没用才是问题所在；甚至有没有用会直接导致你喜欢与否。

编辑之余我写小说，阅读古往今来的众多经典是作家的日常功课。很多人羡慕，读小说是桩美事啊，故事曲折离奇，词采富赡，美得直冒泡泡，难得的艺术享受，书中还有那千钟粟、黄金屋和颜如玉，不亦快哉。的确是挺美，但仅读小说是不够的，你还得阅读大量跟你的写作有关的资料，这些资料可能十分偏僻、生涩、枯燥和佶屈聱牙，就是该领域的专业人员也得咬牙跺脚才敢碰，但你要看，否则你的写作无法有效地进行。那你就得硬着头皮去看。

而一旦你头皮硬下去了，诡异的事情发生了，这些资料你会看得兴味盎然，完全没有了先前的排斥心理。原因就一条，有用。每看到一条对你写作有用的资料，你都像他乡遇故知，于茫茫人海撞上了亲人。

近来在准备一部与京杭大运河有关的小说，涉及运河的地理分布和历史沿革。就时间来说，上至春秋时期的吴王夫差，为战争他开凿了运河最早的一段河道，从扬州到淮安的邗沟，下至今日；就空间而言，从北京一直到浙江，曲曲折折半个中国版图都得纳入考察的范围。看清运河的前生今世靠的主要是各种资料，史书、方志、典籍和学术文章，所有文字都板着一张乏味的脸，没一个有小说好看，但不好看也得看，不想读也得读，它有用。读，读，读。读进去后，乐趣出来了，京杭大运河矜持地从漫漶的时空中金灿灿地浮现出来，那种创世般的欢乐与成就感，千钟粟、黄金屋和颜如玉皆不在话下。

因为有用你喜欢，这种功利阅读也算不得罪过吧。经过漫山遍野放羊式的阅读后，进入专业或者职业，我们的阅读不得不逐渐集约化：满汉全席固然诱人，我们却只能吃压缩饼干。那就把压缩饼干吃好，争取吃出满汉全席的滋味来。书只能越读越少。

2015年4月19日

知春里，1804

端盘子的小兔子

盘子不是兔子端的，而是焊接在蹲着的脚前，很大，大到可以装下四五只兔子。但我儿子坚持认为那大盘子就是兔子在端着，只要别人挪动那只兔子，他就说："还给我，端盘子的小兔子是我的。"

儿子马上两岁半，从他几个月大，知道喜欢一个东西开始，就认为那个端盘子的小兔子是他的。兔子是黄铜做的，盘子也是，端盘子的铜兔子没我的巴掌大，但很沉实，每天我们进门，随手将钥匙串放到兔子"端的"盘子里。在我从国内外买回来的各种小物件中，唯一让老婆觉得买对了的，就是这个小兔子。"儿子，"老婆对儿子说，"你爸偶尔还是有先见之明的。"因为儿子喜欢，碰巧儿子又是属兔的。

2009年我在美国一所大学做驻校作家，住一对教授夫妇家里。没事我经常和教授夫妇开车出去溜达，远了跨州过市，穿过半个美国，近的就在城市和周围的小镇上瞎逛。周末会去Yardsell（旧货庭院售卖会）的旧货摊子上转悠。没有一个成规模的旧货市场，都在自家的门口或者院子里摆着，所以叫Yardsell。凡不想要的，都可以拿出来卖，古董、旧书、老家具、高尔夫球杆、小提琴、不穿的鞋袜和衣服。卖主一般会在离家不远的交通要道放指示牌，我们就按图索骥，一下午能看很多个摊子。除了英文原版旧书，我买的都是小玩意儿：边缘站着骑马越步的谢尔曼将军的金属烟灰缸，前胸和后背手绘怪异图案的T恤衫，若干年前从非洲泊到美利坚的造型夸张的人体木雕，还有这个端盘子的铜兔子。

我很喜欢这个小兔子，第一秒就对上了眼。那是家有经验的Yardsell，主人似乎在有意识地干这个，那一大片住宅区里，他们家的生意最大，摆满了各种古旧的小玩意儿，八音盒就好几个，还有好几尊中国流传过去的瓷质观音菩萨和带绿松石的藏饰，有点儿像北京潘家园和大钟寺的古董摊子。铜兔子淹没在一堆金属质旧货里。一打眼，我就把手伸了过去。

没有比它放钥匙串更合适的东西了。我想把它送给教授夫妇。他们总是找不着车和家门的钥匙，每次进了门就随手一丢，离开家时只好到处找钥匙。要五美元，四美元成交，很便宜。我说，把它放在客厅的窗台边，进了门就把钥匙放进圆盘里，小兔子帮你们看着，再不会丢了。他们死活不要。他们发现了我看这小兔子的目光有点儿直。难得淘到极喜爱的东西，一定要带回中国去。坚辞不受。没办法，我包好，放在箱子里背回了北京。我给他们送了一个好看的南瓜状大肚子广口罐。第二年我去爱荷华大学参加国际写作计划，又去他们家玩了一周。罐子还在窗台上，落了一层灰尘，每次出门前他们依然要到处找钥匙。

看来这兔子的确应该带回来。2011年我儿子出生，属兔，他像我第一眼就看上它一样，喜欢这个小东西。你可以把钥匙放在铜兔子“端的”盘子里，但你不能动它，不小心挪个位置，他都要正告你：

“别动我的小兔子！”

2014年2月10日

农展馆

我为什么喜欢梵高

作为一个资深的油画门外汉，我喜欢梵高已经很久了。你让我专业地说说喜欢的原因，我说不明白，就是喜欢；那种焦灼、燃烧的动感让我心有戚戚，我觉得油画就该那样，不管隐忍还是蓬勃，生命的质感你得表现出来。所以，到荷兰，梵高博物馆是一定要看的。的确看了，那要另说，现在我要说的是荷兰的国立博物馆。

那一天和阿姆斯特丹往常一样，下了一阵雨天就晴了。其他楼在装修，国立博物馆只开放一栋楼，两层展室，不大，但对荷兰这样袖珍的国家来说，这样的规模可以理解。重要的是，馆里藏了不少好东西。除了梵高的一幅自画像，镇馆之宝是伦勃朗的那幅著名的《夜巡》。这是巨作，占了整整一面墙，十八个人在画上栩栩如生。这么大还是被裁剪之后的篇幅。当年该作进贡皇宫，不知道领导还是管家嫌大，一挥手，切掉了左边41厘米宽的画面。皇家总是财大气粗，反正好东西多一个不多、少一个不少，伦勃朗的也照样裁。旁边有幅原画的临摹之作，对比后你会发现，大师的东西果然不是俗人可以随便乱动的，我这个外行都看出来，剪辑后的画面在平衡感和对称性上，跟原作差了一大截子，重心不稳。两层楼上下仔细瞻仰了一遍，该馆的副馆长问我，喜欢《夜巡》吗？我说：更喜欢伦勃朗的另一幅《犹太新娘》。他想知道原因，我的理由是：眼神好，还有一块油彩凸出来了。副馆长笑了。

可能副馆长没见过这么不靠谱的观众。没办法，让我心动的的确就是画里一男一女的眼神，还有男人胳膊上贸然凸出来的凄厉的油彩。那眼神是一个人的心思在动，有活的东西在；而那一小堆油彩色块，纯属非法之举，在17世纪（乃至19世纪）及以前的油画里，很少人如此泼辣地原生态，胆敢将油彩涂上去不收拾好——装修工人都知道涂料上了墙，要摊平、抹匀，打磨得像镜子一样光滑。前伦勃朗时代的油画都像镜子般地光滑。这正是我不喜欢的，那种看上去酷似印刷出来的平滑、安详的效果让我觉得是赝品。那些画很贵族，颜色和画面繁华富丽，百分之九十以上是肖像画和风景画，适合挂在豪华的客厅迎接贵客：衣物精致细腻，每一个细节都不放过，但人物就是眼大无神，表情就是无限接近空白，所有人长得像一家人，干什么都充满了仪式感，无比端庄（端得很好，装得很像）；就连风经过山野和树梢，也少了自然之气，如同统一从庙堂上吹来的，也很端庄。

过于端庄有虚伪之嫌，所以我不喜欢那些平滑安详的贵族式油画。副馆长说，馆藏的17世纪画中也不全都端庄、贵族，也有很民间和质感的，不过没展出。且说这《犹太新娘》，副馆长的小眼睛在圆形镜片后一笑，夸赞我跟梵高一样有眼光，梵高当年就激赏此画。1885年，荷兰的国立博物馆刚刚开馆，胡子拉碴儿的瘦梵高来了，盯着这幅画就不撒眼，恨不能吃下去。据传，梵高语录是这样的：能坐住了在这里看此画两周，早死十年也值。作于1652年左右的《犹太新娘》对梵高意义重大，具体重大到啥样，我没去查资料，会不会就重大在画中身份模糊的男人胳膊上的那一小块凌乱堆积的油彩呢？如果重大在这里，我就赧颜与梵高一样有眼光一回。反正我们知道，梵高是个穷鬼，但在19世纪的画家中他出手又别样的阔绰，差不多是全世界最大的油彩浪费者，画画跟蹩脚的泥瓦匠抹墙一样，一点儿都不懂得节制。他把一幅画弄得像航拍的地形图，每一块地方都凸凹不平。

对，我喜欢的恰恰就是这个凸凹不平，不贵族，不端庄，不安详，仿佛暴起来、扭开去的神经。它让我觉得画上的男人立马活了起来，跟着整幅画也有了生命和温度。它有了生命感。在所有人、所有画都完美到了失去生命感的时候，伦勃朗出其不意地放大了缺陷，画上的男人因此成了那个男人自己，伦勃朗因此和无数的画家区别开来，梵高因此站在这幅画前流连不舍，说：“早死十年也值。”

很多年里我都在想，梵高为什么如此笔墨铺张，像用不要钱的泥巴一样用颜料，他使用条状和块状的笔墨语言，他胆敢如此！在《犹太新娘》跟前，我恍然大悟，谨慎的伦勃朗只是在胳膊上冒了一小下险，到了梵高那里，他让星星之火燎原。他有比伦勃朗更澎湃、粗粝和喧嚣的激情需要呈现出来，他要扭曲、愤怒，他要燃烧，让画布上一个变形的世界丘壑纵横，唯其，才逼近他这个人。事实上，正是从1885年起，梵高的画成了梵高之为梵高的见证。这叫修辞立其诚。

2011年7月10日

知春里

只有一个马尔克斯

一早起来看了一会儿《陀思妥耶夫斯基传》才想起打开手机，打开了就没放下来，短信、微信、新闻、微博，铺天盖地都是马尔克斯去世的消息。马尔克斯想来无须介绍，谁经过了今天还依然不知道，那可能以后也不需要知道了。在中国如此，在全世界想来也如此。随便搜了搜海外的媒体，消息和纪念文字同样铺天盖地，好几个国家的领导人也站出来追念他的“伟大”。在微博上，面对刷不完的马尔克斯，有人早已经烦了，质疑牛鬼蛇神都跳出来数点一下大师，你们是真明白吗？我也不知道连篇累牍地发各种消息和材料的各路英雄是否都读过马尔克斯且有所领会，但我还是支持大家能说的都说说。即使附庸风雅，给自己营造点儿非局外人的幻觉，也未尝不可，谈论一位伟大的作家总不是坏事，马尔克斯当得起所有人的纪念和赞誉。

在当代，大概很难找到另一位作家像马尔克斯这样能够对全世界产生如此持久和显著的影响力。1982年获诺贝尔文学奖以来，他就成为全球瞩目的焦点，此后，每一年诺贝尔文学奖揭晓的时候，尽管新科得主走马灯一般地换，你都会在这些闪光的名字背后看到另一个同样闪光的名字，加西亚·马尔克斯，因为你总会在潜意识里用他的成就和标准来比照新科得主，就像我们提到19世纪以来任何一位别的作家的时候，我们都会让他们的身边站着一个托尔斯泰，我们不乏阴暗地想看一看他们和托尔斯泰的肩膀是否一样高。在这个意义上，别的作家可能只获得了一次诺贝尔文学奖，而马尔克斯获得了自1982年以来的每一届诺贝尔文学奖。

马尔克斯的文学成就真的就高到了NO.1的地步？当然未见得，起码这是个见仁见智的事。但他的国际影响力的确是当代的任何一位诺奖作家都无法匹敌的。没有谁能像他那样，既以文学影响着此后的每一代作家，又在政治上对美洲的政局和社会产生重要的影响。这个一点儿都不喜欢政治的哥伦比亚人，一次次地出现在美洲国家首脑和独裁政要的身边，斡旋，调停，谏言，凭借他的文学成就和与政要们的私交，尽一个文人在这个时代所能尽到的最大力量去维系生养他的大陆的安稳。反过来，他在政治和社会中的作用（也许的确微乎其微）又在相当程度上，将他以其他作家无法借助的青云之力持久、深入地推广至全球视野，这也进一步加固了他的文学影响力。这也许并非大师所愿，但生逢动荡的拉美，要独善其文学之身、不蹚政治的浑水，对马尔克斯这样的作家，难度似乎也比较大。

当然，在中国，马尔克斯一以贯之的都是一个绝对的文学大师的形象。20世纪80年代以来，至少有三代作家接受了他的文学启蒙。从先锋派到寻根文学，从中国作家被戏称不如此开头就不会写小说的经典的“多年以后……”到莫言意义上的一座“灼热的高炉”，及至眼下不再盗版的汉译《百年孤独》狂销两百多万册，年轻的文学爱好者依然以“文学圣经”视之，从未有哪位外国作家在中国享受如此隆重的礼遇和漫长的追捧。这的确是个意味深长的话题：一个外国作家成了中国几代作家的文学“教父”。

和很多作家一样，我在写作之初也把马尔克斯奉为男神——超级男神。整个大一、大二阶段，我和爱好写作的小伙伴都在疯狂地寻找马尔克斯的作品，片言只语都不放过。但凡哪本书中收入了马尔克斯的一篇文字，我立马掏钱拿下。学校图书馆里的那本1982年版《加西亚·马尔克斯中短篇小说集》被我借了一遍又一遍，经常逾期不还，我宁愿接受罚款。后来，还掉的想法也没了。据说弄丢了书将以定价三倍罚之，小伙伴们就怂恿我拿钱消灾，据为己有，我真就这么干了。怀揣一只小兔子到了图书馆，怯怯地说老马失踪了，甘愿受罚。老师用鼻子哼了一声，谁告诉你三倍？1982年的书，十六倍！我的汗唰地下来了，钱没带够，赶紧找人去借。这本书现在还摆在我的书橱最显眼的位置。十七年了，念过三所大学、换过三个工作、搬过十几次家，很多东西丢了，很多书想不起来放哪儿了，这本书一直带着。书橱里马尔克斯的书摆在一处，中文的外文的，正版的盗版的，诸多版本中，一扫眼我就能从一大排中准确地挑出这一本，它最旧，十七年来已经被我翻烂了。

因为马尔克斯，我在十九岁时开写平生第一部长篇小说，决意写得和《百年孤独》一样长，而且和《百年孤独》一样分四十章。白天上课、看书，晚上熄灯后打着手电在被窝里写；我在小说里写到一片沼泽地，即使你在梦中经过那里，脚上都会留下沉重的淤泥味儿，用多少药和水都洗不掉。很魔幻，也被魔幻激动得费好大劲儿才能睡着。不难想见它必将半途而废，以我当时的文学准备，根本写不下去，但敝帚自珍，那四万多字的手写稿至今存着，等哪一天炉灶再起，把它写完。

无论从哪个苛刻的角度看，马尔克斯都是一位伟大的作家，能在写作之初得遇这样一位大师，我们只能说三生有幸。他可以教给你一副全新的看待世界和真实的眼光，世界不仅可以用照相机般的现实主义反映出来，还可以用魔幻的、变形的、夸张的方式来呈现。从你开始认真打量这个世界并决意个人化地表达出来时，他就告诉你，文学中的世界和真实至少有两副面孔。还有他的“多年以后……”，如果你仅仅把它看作无数种伟大的小说开头之一，那你就错了，马尔克斯在告诉你，还可以这样处理时间和小说的结构。从内容到形式，有多少作家能够全方位地给你启示、警醒和典范？即使他是大师。马尔克斯可以。所以，每一代作家遇到马尔克斯，相当于发现了一个新的世界，发现了一种新的想象和表达世界的方式。他如何能不伟大？

但是，再伟大的作家都会有让人生厌的时候。顿顿红烧肉，有一天你可能也会扛不住。有一天，我突然发现我对马尔克斯不那么喜欢了，这个发现把我吓了一跳：马尔克斯啊，你怎么会不喜欢了呢！我的确就是不那么喜欢了，当我把《百年孤独》读过四遍之后，我对那种打磨得如此整齐、光洁和完美的语言和叙述厌倦了，我觉得腻，吃多了红烧肉的那种腻。我希望他能粗粝一点儿、朴素一点儿、不那么完美一点儿——完美真是个让人抓狂的词，我越来越认为完美是一部小说尤其是长篇小说的致命伤：一部完美的小说最大的毛病就是它的完美；这听起来像言不及义的绕口令，但事情恰恰如此，起码在我看来是这样。我能接受它有一堆的小毛病，但我不能接受它的完美；如果它什么毛病都没有，它将毁在自己的完美里——完美成了最大的毛病。面对一座一石一峰完全符合黄金分割律等美学原则、一草一木皆顺从视觉感受的高山，你有什么感觉？你会不会觉得真的到了假的程度是对美的最大的伤害？不知道别人的阅读感受如何？阅读马尔克斯，我越发感到了完美变成了我和马尔克斯共同的敌人。

我希望看到的一座山就是一座山，一座山该有的优点它有，一座山该有的缺点它也有。我要的是一座山，而不是一个经历过度的美学加工之后的标本。我希望长篇小说像一座真正的大山那样，开阔，复杂，朴素，本色。马尔克斯过于完美了。不过话又说回来，能达到马尔克斯之完美的，的确也凤毛麟角，甚至凤毛麟角都数不出来。马尔克斯的完美臻于作家的极限，那么，在这个意义上，他也的确是多少年来我们想象了无数次的那个最理想的作家。他的唯一性依然不可替代。

2014年4月18日

鄞州天港禧悦酒店

在新奥尔良听爵士乐

去新奥尔良，朋友说，如果只让你做一件事，那就应该是听爵士乐。我把这话当路标放进头脑里，在新奥尔良的四天中，时刻盯着这个方向往前跑。

晚上八点之前我们拐过街角，看见Preservation Jazz Hall（新奥尔良保存厅）门前排着一长溜队，乐队将在这里演出。票价五美元，资料上说，该乐队组建于1961年，它的晚上演出已经成为世界上最后的“纯粹音乐经验（体验）”之一，也是新奥尔良最好、最传统和最原生态的爵士乐演出。每一年“国际写作计划”的作家到南方旅行，都会放下行李就往这里跑。

我对忠贞不渝的例行项目保有敬畏，而且它还有这么多的“最”，但演出现场简陋得让我以为进错了门。没有错，就这里，多少年都在这里。我把记忆里的所谓乐队演出一个个挑出来比较，这场地我只能用“寒碜”一词来形容。一间五十平方米的大房子，看着更像农家屋。观众座位是几条宽条长凳，我们进去时已经没座，站票。有人坐在地上，有人倚着墙。墙上装饰也简陋，挂几幅陈年油画，有些广告图片和标语，怎么感觉都像在村里。观众们自在的状态，也让我想到小时候半个村庄的人聚在大队部里，用全村唯一的那台东芝电视机看电视，那时候坐着、躺着、睡着的都有，有板凳坐板凳，没板凳坐石块、砖头和稻草、麦秸，相当的原生态和民间。演出的地方有五把椅子，第一排三把，后面敲爵士鼓的一把，弹钢琴的一把。然后到了八点一刻，主持人走出来。这个年轻的胖子，兼做老板，还在外面卖些乐队的副产品——CD、文化衫、纪念品之类的东西，很像乡间简易的杂货店的排场。他昂扬地述说一遍乐队的光辉历史，先上升到全新奥尔良的高度，然后上升到全美国的高度，最后上升到全世界的高度，接着胖胳膊一抡：欢迎乐队入场。

六个人，前面三个吹号和簧管，都是黑人老头，后面的是敲架子鼓的白人胖老头，一个年轻的爆米花发型的吹大号的，号斜套在身上，喇叭头大得要死，周边贴着乐队的名字。他只能站着。弹钢琴的也是黑人老头，胖。这阵容往那儿一坐，不能不传统，也不能不原生态，感觉他们刚从田头回来，放下锄头镰刀就抱起了乐器。这几个野地里来的老头，中间吹小号的是威廉·史密斯，好像爵士乐队里吹小号的都是灵魂人物，小号一响，乐队就活起来了。波伏娃在她的《美国纪行》中也提到一个小号手，还提到多萝西·贝克写过一个颇受欢迎的爵士年代小说《吹小号的年轻男子》，仿佛小号很是重要。我不太懂小号之于爵士乐的意义，反正史密斯先生是个吹小号的，一个英俊的半老男人，坐在三张椅子的中间，前排三个老头只有他打了领带。右边吹簧管的小个子老头，长相和神情令我立马联想到福克纳的小说，我也认为他是刚从福克纳的小说里走出来，不是老黑奴，而是管家或者乡镇法官之类的人，有点土，但庄重而有尊严。更给人尊严感的是左边吹长号的黑人老头，戴眼镜，很像黑人演员摩根·弗里曼，演《肖申克的救赎》里的那个著名老头。而威廉·史密斯看上去才像搞艺术的，比如小镇上剧院的老板。

音乐响起来，一曲接一曲。惭愧，这一段我可能得跳过去，因为我对爵士乐知之甚少。不过我可以毫无愧色地说，他们演奏得真是太好了。尤其是小号和爵士鼓，我极喜欢。此情此景此地，门道我也许看不明白，热闹我是看出来了——你会觉得一切恰到好处，舒坦，妥帖：像蹲在乡村的石磨上转着圈儿喝热气腾腾的玉米渣粥那样舒坦，像穿惯了的最合身的那件旧衣服一样妥帖。最完美的新奥尔良纯粹的、原生态的、从福克纳时代就已经响彻美国南方的爵士乐就是这个了，不会再有其他的。他们的完美在于天时地利人和，在于和这个城市、这间屋子和这一屋子观众的高度契合。一切那么自然而然。

演出只有一个小时。结束后，我们出场。下一场即将开始，外面又开始排队，不过队伍比我们那会儿短多了。粉丝总是冲在最前面。如果继续在附近的几条酒吧街上逛，会发现，这很正常，绝大多数酒吧里都有乐队在演奏。我从门窗外溜了几眼，演出场地很先进，现代化的音响设备，乐队也年轻了，乐手们穿着时髦、鲜亮的演出服，但总觉得差了点儿意思——太像演出了。缺少了朴素的、与生命和土地同在的东西。

我不知道别人是如何欣赏爵士乐的，对我这个门外汉来说，得看着人去听音乐。我确信对于爵士乐，看明白了人有助于理解音乐。在一个叫Snug Harbor的酒吧里，我“看”T.Monk Institute乐队演奏。

乐手都年轻，拉大提琴的是个中国小伙子，姓黄，有点像李小龙，比李小龙好看一些。吹小号的是个白人小伙子，有些土气但又高傲的艺术家气质，吹小号时神情投入，长得不错，演出结束后他到酒吧外抽烟，与一个穿裙子的白人女孩聊天，神态自然，比在舞台上更有风度。吹萨克斯的两个年轻人一黑一白，黑的矮胖，白的瘦高。胖黑小伙子穿一身肥大的屦遭蹂躏的西装，打一个蓝白色条纹的领带，戴一顶有“ᵮ”标志的棒球帽，长络腮胡子，戴眼镜，随音乐摇晃时肥大的裤子随时可能掉下来，脚上穿一双休闲的一脚蹬皮鞋。整个人的衣着打扮给我的感觉就是随便凑合在一块的，但他的萨克斯吹得很好，既敬业又投入，吹奏一段完毕，他就走到舞台边上抓起一桶五升左右的矿泉水桶嘴对嘴喝起来。人憨憨的，你信得过他的人，也会信得过他的音乐。

敲架子鼓一直是我羡慕的职业。如果我坐在哪里浑身乱动静不下来，首先想到的就是，要是眼前有个架子鼓多好啊，怎么动都合法。击鼓的白人小伙子瘦瘦的，留着小胡子，很精干，眼疾手快力道足，节奏感极强。

看了，听了，我是说单听乐器演奏爵士乐，我依然无法真正理解它的好，但一听到歌声，感觉立马就有了。那天晚上我们从酒吧里出来，我和修、缅甸作家K往回走。走到展览馆，修去买东西，我和K回酒店。我建议走另外一条路，多看一点儿夜景。路上偶遇到两组街头艺人。一组是个黑人三口之家，夫妻俩都胖，孩子还坐在童车里，我们走近时歌声倒停了，没听上几句。继续走，又有三个黑人组合在唱歌，拍手跺脚，我听不清词，但很容易通过动作、声音、节奏和人与歌声的协调性进入他们的情感。他们几乎就是那么简单地跺脚、拍手，穿着肥大的裤子，动作懒散又有点儿在这个夜晚的百无聊赖，远处酒吧的霓虹灯在闪烁，他们站在五彩的夜城市的昏暗的街角，声带彻底打开，两个男声中间嵌一个女声，自言自语、自娱自乐般地大声歌唱，仿佛他们是世界上最后三个人，仿佛他们的声音是世界上最后三个声音。歌声在新奥尔良窄小的街道上不停地拐着弯。

我和K在他们对面的街角站住，马克·吐温的密西西比河上吹来潮湿的风，我用汉语在心里造了一个短句："这个繁华又苍凉的夜晚。"如果K也造了这么一个句子，他一定用的是缅甸语，因为我们当时都沉默，没有用可以相互听懂的英语把它说出来。

那种美国南方爵士乐具有的乐观、旷达、自由、奔放又饱含苦难的东西，那一刻我感受至深。我想跟他们一起拍手跺脚一起唱，唱什么随便，只要跟上节奏，发出声音，把此时此刻的情感灌注其中即可；不管你开心还是忧伤，是相思还是乡愁，都将无比契合。音乐的功能就在这里，不需要翻译；不管你唱的是什么词，声音、情感、生命是一体的。一种有节奏的声音在我的身体里动了起来。

哲学课

在奥马哈市听了一堂哲学课，坐在一群二年级的小学生中间。十八个孩子：三个白人孩子，十五个黑人孩子。这是奥马哈的一所贫民小学。两个老师坐在藏蓝色的地毯上，倚着墙，孩子们靠着他们俩围成一个极不规则的半圆。不规则是因为，只要在这教室里，在这附近，你可以随便坐在哪里，也可以不坐，站着、躺着、趴着，只要听讲和参与，你也可以站起来走两圈。旁边有课桌椅，如果坐在地上更自由，那就坐地上。

我和Y教授到时，课刚刚开始。老师用大签字笔在写字板上写下四个问题，正在统计大家对这些问题感兴趣的人数。问题是孩子们自己提出来的，你想搞清楚什么，你就问什么。问题如下：

1. 什么是哲学？
2. 大学像什么？

3. 什么是真实的？什么是不真实的？

4. 什么东西是有生命力的？

统计的结果是：第一个问题只有一个孩子感兴趣；第二个问题九个孩子感兴趣；第三个和第四个问题五个孩子感兴趣。两位老师说，少数服从多数，这节课谈第二个问题：你觉得大学像什么？也可以从这个问题开始跑题，只要和大学有关就行，说出你知道的一切，说出你好奇、迷惑和想知道的一切东西。

发言之前先举手。老师手里拿着红白两色各半的一只小皮球，你举手了，皮球抛给你，你接住了才可以发言。发言完毕，别的孩子举手，你可以选择把皮球传给你认为合适的孩子，接到球的孩子再发言。你说完，球也传出去，如果突然意犹未尽，再举手要求发言权。有孩子急着要球，抱到手后发现自己没想好要说啥，不好意思地抓抓脑袋，把球传出去，想起来时再要。一堂课，这帮孩子叽叽喳喳，想什么说什么，皮球在两位老师和十八个孩子中间传来传去，经常会传丢，外围的孩子就站起来去追。我旁边的一个黑人孩子老举手，总是拿不到球，累得趴在地上，一旦开始传球他就双手举起如投降状。我就代他举手，接到球递给了他。

发言五花八门。大学像个大城市；大学里什么都有，待在里面世界上哪儿都不用去了；我喜欢大学，因为大学里树多，长得还都好看；我喜欢大学，因为大学里操场大，篮球架也多，我要天天打篮球；我喜欢大学，因为大学里有图书馆，有很多书；念大学才能接受好教育，受了好教育才能找到好工作，工作能挣钱了，我就不用整天给我妈妈洗碗了；我爸爸现在天天干重活儿，就是因为没念过大学；我念好了书，我妈就不用那么辛苦了；我爸爸要是念了大学，就不会像现在这样天天喝酒了；我外婆说，只要我能考上好大学，就可以买好衣服穿了；念了大学，受了教育，我可以做自己想做的事；从大学里出来，你就是个有知识的人，就知道什么是好人，什么是坏人；对，就知道什么是真的，什么是假的，什么才是真正有生命力的；有了知识，我可以帮助那些需要帮助的人；我要学法律，告诉别人哪些是能做的，哪些是不能做的；我想去大学里看看，听说大学很好，我没看过……

老师问："必须念大学才能接受教育吗？"

大家一起回答："不是！"

"必须念大学才能成为一个好人吗？"

"不是！"

"那好，为什么？我们继续说。"

又是一堆五花八门的理由，孩子们之间也开始相互争辩。因为记忆的差错，也因为有的孩子的英文发音我不能一下子把握，信息的记录一定有很多误差，但这些都无关紧要。重要的是，他们的很多表述在我意料之外，不是道理讲得好，而是思考问题的角度，那个极其自由、烂漫的角度。有中正之言，更多的是偏僻、可爱、由衷的话。这样的哲学课离我的设想很远。哲学系的终身教授Y女士跟我说，她的两个助教在给二年级的孩子开哲学课，我一下子没反应过来，那么小的孩子能上什么哲学课？谁都知道哲学是门艰深抽象的学问，有一大堆规律、定理和假说。"哲学"两个字让我立马想起的是一张沟壑纵横的干瘪老脸，想到皓首穷经，想到无数人告诉过我，这个世界如何、这件事如何，你要如何如何做才行。

但在二年级的小学生这里，哲学不是知识，也不存在结论，没有圣旨和终审判决，而是一种思辨和寻找的过程：首先是自由的、充分的自我表达，是想到什么说什么，说自己的话；其次才是逐渐深入世界的方式。多少年里，我在理解哲学时，首先排除掉的就是“人”，几乎是先验地认为这是个没有“人味儿”的学科，只有榨干了血肉的抽象的道理和逻辑推论才堪“哲”。我喜欢它只在思辨的意义上，在思维游戏的意义上，其他时候我敬而远之、畏而远之。但是，这些年，希望你也与我同感：我分明感到思辨世界的过程中拖泥带水地夹杂了很多的个人因素，比如经验和情感；我总以为这和我搞文学有关，同时怀疑自己思考路径是否可靠——个人主义的出发点从来都是要被否定的。这是集体主义规训的诸多成果之一，个人不许跑到前头，要从骨子里头怀疑自我，包括切肤之思、之感。可是，那思、那感偏偏也发自内心，从我们的骨子里头流出来，所以这些年面对“哲学”两个字，我一直在自己跟自己打架——其实也不仅是对一个“哲学”。可能你也一样。

想一想，然后自嘲地笑笑。年过而立，突然在一群二年级的小学生身上发现了另外一种“哲学”，如果这“哲学”不是唯一的“哲学”的话。多年来我习惯于把哲学等同于与“人”无关的结论和定理，总觉得要一把抓住那头的干巴巴的结果才算弄对了，原来不尽然，这群孩子带着鲜活体温的寻找和自我表达过程也很“哲学”。如果当年我们像这帮孩子那样通过如此方式进入“哲学”，对我们来说，这门板着脸的学问会意味着什么呢？这个世界又会意味着什么？

2010年10月26日

爱荷华

灵魂镜视者

——列夫·托尔斯泰

很多年里我都不喜欢列夫·托尔斯泰，虽然他是我最早拜读的大师之一。不是因为他写得不好，而是因为他写得太好了，好到所有人都在说他好，那么我就不喜欢——对众口一词的大师和圣人我莫名其妙的警惕和拒绝。对鲁迅也如此，中学课本中所有鲁迅的文章被语文老师“说文解字”般地把巨大的意义落实到一个个标点符号上，我不喜欢。

当然这是个相当情绪化的错误，大学毕业后我重读鲁迅和托尔斯泰时，为我当年的认识倍感后悔，好书是栽培身心的原始股，读得越早你赚得越多。所以得尽力把亏欠的给补回来，这些年我反复重读。我把自己变成了一个过去一直讨厌的那种人，提到托尔斯泰和鲁迅我就要忍不住对你跳脚：好啊，你一定要读。

托尔斯泰长得丑，为此半生自卑和苦恼。我

打开老托的画传，一张张照片和画像翻看，朋友看见他的大胡子、崎岖的五官和深邃的目光，说，帅呆了，好一张山河岁月、世道人心的脸！托尔斯泰泉下有知，听了不知会作何感想。朋友把我的话说了。在这张脸上你的确能看到山河壮阔、岁月浩渺，看到世道繁复、人心忠直。不知道当年须髯飘飞的托尔斯泰揽镜自照时，看到的是什么。年少时，他每一次站在镜子前，都要为一缕总也不服帖的头发、为自己难看的高额头和凸下巴懊恼和焦虑。

我断定托尔斯泰是个爱照镜子的男人。丑人皆如此，照镜子为寻求安慰，希望自己一觉醒来成为汤姆·克鲁斯，这和自恋既背道而驰又殊途同归；年既长，托尔斯泰继续照，他在镜子里由五官看到了内心，由自我看到了身处的整个世界。正如我们现在在镜子里看到的托尔斯泰。

一个作家，一生最大的任务也许正是照镜子。先审视自我，从肉身到灵魂，然后推己及人，再由人心抵于更广大的世道。

托尔斯泰在早期作品《童年·少年·青年》和日记里，把自己定位为忠诚的镜视者。在一个虚荣和作弊也可以博得理解和合法性的年龄里，托尔斯泰已经早早地把自己置于两面镜子之前。一面镜子实实在在，轻触微温，他拍打自己只能在幻想中才可以变英俊的脸，镜子残酷不说谎，一如既往，托尔斯泰的虚荣无处藏身；如果这还不够惨，那在看不见的幽暗处，另一面镜子接着竖起来，抽象，是看不见的刀，这是他自愿的，他立志自虐般地盘剥自己的内心和欲望，他决意把最隐秘的煎熬和盘托出，务求真实，像对待敌人一样彻底，让欲望、缺陷和丑陋翻个底朝天。灵魂的审查官不会躲在日记里工作，他要行诸文学作品，把真实的灵魂公布出来：对，这个人就是列夫·托尔斯泰，

在彼得堡

这就是列夫·托尔斯泰写出的人物，他们如此这般云云。

我们的文学理论中有古训：修辞立其诚。经得住这五字真言推敲的写作者大概凤毛麟角，且不说众多只愿在自己外围打转的人，写了一辈子无关痛痒的应景文章，说了数万吨场面话，即便那些咬牙切齿要用自我连通世界的作家，在自己跟前摆一面镜子时，是否还有勇气说：我究竟是谁？我们中的勇敢者，也许做得到不虚美，是否也做得到不隐恶？而写作的基本之义就是省察自我、勘探人心，直面和正视灵魂之丑陋和欲望之渊源。

知己方能知彼，洞悉人心然后兼济世道。勘探灵魂无疑是作家最大的职责与道德，如果匡时救世，把笔落到更辽阔的世界上，那也不算越位，不过是将兴趣扩展到一个国族的灵魂上而已。列夫·托尔斯泰永为典范，他为俄罗斯的灵魂搬来镜子。一个国家的问题不会比一个人的更小，他不得不用笔鼓呼，公开与沙皇叫板，但这依然还不能缓解他对俄罗斯的忧患。老人家不仅要在信仰和理念上完满“托尔斯泰主义”，他还须俯身躬行，行动起来才能真正心安。办学，从基本的文化启蒙开始，壮大俄罗斯的心智；克己苦修，仗义疏财，解放农奴，还地于民；伯爵先生要在世俗和精神两个层面上塑造出健康的俄罗斯人。

一个人是否能够改变世界？远道而来的托尔斯泰信徒会说：当然。也许更多的人倾向于保守和矜持，他们说：一个人只能是一个人。

就算这样吧，那托尔斯泰这个人是怎样的一个人？一再重读之后，我的想法是：我越来越喜欢这个倔强的老头，在文学上他是大师，在世俗中他是圣人。在俄罗斯瞻仰过托尔斯泰故园的师友送我件礼物——褐色木质相架，图片里的老托尔斯泰目光如炬，须发峥嵘其白如雪；面相山河岁月、世道人心。师友说，他是单为我“请”来的。一个“请”字，有他对老托的尊崇和敬重。

相架在我书桌上，此刻，能听见我敲打出的每一个字。如果须发之间的耳朵够好，一定能分辨出那些声音足够真诚。这个喜欢照镜子的老头，已然成了一面镜子。

2009年8月2日

知春里

『不等人』的新人之书

科技在进步，主要是人类的点子多了，一种随着时光飞逝、字迹也跟着消失的书出现了。打开它，如果你不能在六十天内看完，那么对不起，你必须跟这本书说再见。此书过去只出现在神话、传说和侦探故事中，现在摆进了我们的书店里。阿根廷独立出版人埃特纳发明了这种“不等人的书”，他用一种新型的墨水，阳光照进书页，空气抚摸文字，魔法开始显灵，字迹开始变淡、变淡、变淡，如同一声叹息，直到两个月后还原成白纸。

这个创意挺刺激人，书有了保质期，你的占有者身份面临质疑和颠覆；我要是这样的一本书，我会很开心，别以为拿到手就天下太平了，时间不等人。长久以来，我们的确练就了一套晃晃悠悠、拖拖拉拉、漫不经心的阅读功夫，一本书看上两年的大有人在；反正书在手边，什么时候都能看，最后就什么时候都没看。然后又凭空生出藏诸名山、传之后人的虚妄自信，好像言之成文即可行之久远了。埃特纳提醒我们，靠不住啦，文字也是长腿的，你们得深刻反省一下自己的惰性和行动能力了。

当然，阿根廷人的初衷不在于发动一场出版和阅读革命，他持的是一颗小小的焦虑和谦卑之心。他只想让这本书里汇集的拉丁美洲的文学新人能在最短的时间内被大家关注，短到在他们被遗忘之前，短到执文学权杖者和别的出版人足以充分地看见他们，让他们在接下来的第二本书里延续微弱的文学生命——鉴于文学新人的出头之难，处女作中潜藏的文学生命的确太过微弱：它的印数不会多，市场不会大，关注的人极为有限，时刻面临被无数新的出版物覆盖、灭顶和再也露不出水面的可能。阿根廷人的担忧十分正确，如果他们的第一本书不能在短期内被关注，就很难有机会出版第二本，文学之路可能就此画了句号。

作家在起步之初有时候就这么脆弱，他可以沉默着写，但他扛不住写作之外的世界对他报以更大的沉默。如果他的第一拳就打到棉花乃至空气上，他通常怀疑的不是棉花和空气，而是自己的手。

一定有人说，文学是长跑，好书经得起一读再读，今天不读明天读了，今年不读明年读了，照样能看出好来。一点儿都没错，所以好文学应该写在纸上而不是水里。只是我担心，等哪天你看出某前新人的好来时，他已经用打到棉花和空气上的“原罪之手”改握了锤子，成了资深的铁匠——除了铁锤和火钳，这世上再没有什么东西更适合这只手了，包括一支笔。

一定也有人会说，文学是长跑。成大事者，必先苦其心志，劳其筋骨，饿其体肤，空乏其身，行拂乱其所为，增益其所不能。区区的两年沉默都扛不住，说明他不配干这个活儿。逻辑也成立。这逻辑放之四海而皆准，不论职业，不论人种。可是，有多少人能严格按照“理论”和“逻辑”过日子？

不过话说回来，靠赶着消失来要挟别人读，的确也不像是发现天才和大师的好路子，倒像个促销的噱头。鼓励是必要的，但一着急也可能变味儿。新人往往管不住自己，出版人沉稳了，他可能会比你还淡定；出版人上火了，他就有可能比你还猴急，心定不下来，浮躁得只想往天上飞。我把这事说给一位功成名就的作家老兄听，他用比阿根廷人慢得多的语调回答我：

“慢慢来，作家的成长要悠着点儿；只有打了鸡血的疯子，没有打了鸡血的大师。”

也很在理。

“那么你呢？”他用的完全是问前文学新人的口气问我，“实话实说。”

我纠正他，现在我依然是文学新人。如果是我的书，做三五百本来蒸发，我很乐意，如此具有严肃的游戏精神的创意，不试一下可惜了，没准还能撞上几个伯乐；你还能眼看着它变成无字天书，如同另一种虚构，必定是不一样的体验。但是你要让我把所有的书都弄成这样，假以时日让它们变回白纸，那感觉可能会很像刚写完的小说没赶上存盘，生生被切了电源，再打开时，电脑和我脑都一片凶险的空白，那就“杯具”了。作为一个写作者，我希望更多的人看见我的文字；

但同时我也更希望，每次打开自己的书，所有的文字都在。

文字整整齐齐地排列在那里，诚实，坚定，它们给我的信心和内心的安妥，胜过最终化为空无的著作等身，以及所有的荣誉。

2012年9月9日

小泥湾

04 诗和远方

火车穿过城市，我有离愁；
经过村镇，我心生温暖；
唯有驶入野地，我才充实、喜悦，
莫名的悲壮一般的兴奋。

自己去买火车票

要过年了，火车票又成了大事。关于“买票难”，最近看到两个段子，照录如下：

1. 公交车在离北京西站还有三站路时停下，司机提醒车里乘客，要买火车票的同志请下车了，在此排队。

2. 你要是爱一个人，就帮他买火车票；恨一个人，就让他去买火车票。

后一个段子表达方式不新鲜，但有了第一个段子垫底，再想想春运如灾难当头，那人山人海的买票场面，可以发现，爱和恨以车票作比还是很有表现力的；假如你就在北京站和北京西站的现场，你一定会深刻体会到何为爱之深，何为恨之切。

——你看出来了，我要说的不是关于苦大仇深的火车票，而是爱与恨，是爱情。

这是门大学问，我来说肯定说不清楚。这也

是我朋友的评价：男人哪懂什么叫爱情。我这朋友是女的，一个可爱的五岁男孩的妈，讲起爱情来很有一套。我把以上段子夹缠在爱情理论里介绍给她，她颇为不屑，反问一句：如果既爱又恨怎么办？是啊，我一下子就晕了，这火车票该谁负责呢？正确答案是，她手一挥，说，自己去买。

我们都知道她有一段可歌可泣的爱情故事，起码在外人看来是如此，从开始到现在，一直遵循两个传统的美学原则：郎才女貌，忠贞不渝。若干年前，她还在南方某城市念大学，和高一个年级的师兄谈上了恋爱。该师兄很是优秀，学校招到这样的学生就是为了留校用的，但他心有旁骛，不为留校所动，立志要到北京干一番大事业。赴京之前依依惜别的深情，相约女朋友毕业之后立马北上，让有情人终成眷属。前半年鸿雁传书，邮政和电信系统都给他们弄烦了；到后半年，强度总算降了下来，恢复到正常人的水平。但这个强度对他们来说，至少对我这朋友来说，差了不少火候，她敏感地意识到，北边可能有了敌情。这是大事，她买了车票就去了北京（那时候没到春运，排了队基本都能买到票，尤其是卧铺，更多人只能买得起硬座和站票）。师兄有点疲惫，面对质疑低下头，长发遮住仓皇迷离的眼镜，师兄说："一个人奋斗，有点儿孤单。"

我朋友看着那颗颓废的脑袋越垂越低，原谅了他，说："去给我买火车票！"

车票不难买，就是火车站有点儿远。作为惩罚，不许在代售点买。

我朋友毕业之后，放弃了本校的保研机会，拿着毕业证到了北京。她就想，能让师兄少孤单一天是一天，都不容易。郎才女貌，其乐融融，师兄不再孤单了。就是这时候我认识了他俩。在朋友圈里他们堪称恩爱的典范，怎么看怎么顺眼，师兄的事业像绑定了火箭，一日千里地往上跑。作为公司副总，师兄要交际和应酬，年轻有为，才华横溢，而且里里外外都很关心人，状态非常好，朋友们一有难处他就像及时雨宋江一样出现："要火车票？没问题，我找人帮你买。"

他们过了几年好日子，在我们看来就是神仙眷侣。你没法想象还有再好的了。常在河边走，师兄免不了要湿回鞋。有一天，一个陌生的女人给我朋友打来电话，上来第一句就雷人："你是某某的老婆吗？你得把老公让给我。"我朋友刚生完孩子，正在想办法节食、锻炼，以图早日恢复师兄喜欢的魔鬼身材，接完电话觉得自己虚弱得不行，仿佛节食和锻炼过了头。

"你们多久了？"我朋友问。

"跟你没关系。"对方说，"你该干的就是退位。"

孩子在摇篮里哭。我朋友眼泪啪嗒啪嗒往下掉，直到把孩子和自己一起摇到不哭了才说："你让他亲自跟我说。"

事情的结果是，师兄没和她就这个话题说过一个字。一看见孩子她就觉得心里长出了乱糟糟的灌木，此时此刻，此情此景，如果没有爱，如果没有这孩子，她会怎样？这个复杂纠结的心理活动她没有告诉我。限于此文篇幅，她决定把细节跳过去。经过几天的连续失眠，她决意一声不吭，因为她想不出既爱又恨的解决办法。她一声不吭地去做任何事情，包括过去一直做的，也包括很久没做过的；不再每天晚上到了十点就打电话问他什么时候回来，不再告诉他明天她要去哪里要干什么，她把他们的关系搞得像合租的房客。她把他晾在一边。凭她的观察，师兄的脸上已经逐渐现出被晾着的空白表情，尽管他努力制造各种表情，那空白还是越来越大。

有一天我朋友决定回娘家，抱着孩子去北京站排队买了车票。那天不是春运，但买票的队伍在售票窗口还是甩出了很远。她抱着孩子，胳膊都快累脱臼了。回到家看到师兄的脸像张麻将牌里的白皮。

“去哪了？”

“买火车票。”

“为什么不坐飞机？”

“想坐火车。”

“那你可以跟我说。让保姆去也行啊。还带着孩子！”

“我乐意。”

对话简短。

她在娘家过了半个月，师兄从北京赶过来了，那张脸已经从白皮变成了五饼，红通通地有了内容。这次他把头抬起来，说：“老婆，回家吧。都过去了。”

所以，到现在，我们看到的依然是两个美好的成语：郎才女貌，忠贞不渝。

2011年1月23日

知春里

开往黑夜的火车

火车过济南，透过窗帘的浅浅的灯光就把我惊醒了，也不算惊醒，一直是浅眠，耳朵里的车轮声半个晚上都清晰地响着。我撩开窗帘，凌晨两点的济南站冷冷清清，没有见到下铺预言的那种拥挤，他说济南是个大站，上车的人常常要把车门给挤破。我看到几个旅客拎着包袱，摇摇摆摆地向车门走，瞌睡和等待把他们折磨坏了。火车安静地停在昏黄的灯光底下，像一个不喘气的动物，同样无精打采。车厢里也很安静，其他人都睡着了，对面的上铺在打呼噜，有那么一会儿我觉得是在家里。风卷起纸片和塑料袋在站台上飘，然后火车叹了一口气，动了。灯光向后走，黑夜又来了。窗外是缓慢移动的墨块，树也像山，远远近近，重重叠叠。我放下窗帘，躺下来，感觉重新飘在了夜里，像一片树叶漂在水上。

接下来连浅眠也没有了，我精神很好，像是在黑夜里突然睁开了眼。坐夜车我很少能正儿八经地睡点儿觉，要么趴在床上看窗外，要么躺在床上胡思乱想，至多是浅眠，好像是睡了，又好像没睡，翻一下身心里都明明白白。车轮耸动就在身底下，头脑里没来由地替它一尺一尺地向前丈量。在夜车上我心里很平静，可以说是平和，对失眠毫无恐惧，有种心安理得的家的感觉，安详地飘动的感觉。我常常觉得只有在夜车上，而且是躺着，才能真正感受到黑夜。

四肢伸展。大地也如此，火车在上面奔跑，听不见声音。黑夜此刻开始开放，像一匹永远也铺展不到尽头的布，在火车前头远远地招引着，如同波浪被逐渐熨得平整。黑暗再次从大地上升起来，清爽地包容了一列寂静穿行的火车。我躺在其中的一个角落里，平稳地浮起来。黑夜里的火车我只能想见它的头和一部分身子，没有尾巴，我看不见的后半个身子只是隐没在黑暗里，而不是断绝，它是不可断绝的。甚至我也想不到还有铁轨的存在，因为它像两条明亮的线，与黑夜和沉静的大地格格不入。那些阴影似的群山远远地避开。如果夜色不是浓黑，就让十几户矮小的房屋和院落来到路边，我能看见窗户里一点让人身子发暖的灯光，看不见人，或者只有人影在窗户纸上半梦半醒地晃动。我想象出了没来得及收拾的饭桌，他们的轻微而又散漫的脚步声，一条窝在筐子里无所事事的狗，还有他们平凡狭隘的生活。

这些安宁的感受和想象是在白天里无法得到的。我总觉得阳光底下的世界繁乱不堪，所有的东西都拥挤到你面前，把大地瓜分得七零八落，找不到一块可以安坐的地方。他们为什么都那么忙呢？他们就不能安静一下，让世界大起来。他们停不下来，一个比一个跑得快。

而在他们顾不上的地方，一列火车整装待发，只等阳光和尘土落下去，在看不见的时间里。它从城市的边缘启动，一路都在扔掉那些忙来忙去的累赘，见到第一片野地时，夜晚开始降临，火车一头扎进去。耳朵突然安宁，世界大起来。

我就在这一辆辆傍晚开出的火车里，因为我不喜欢在白天坐车。它们从傍晚出发，开往黑夜。俄罗斯作家维·佩列文有部名叫《黄色箭头》的中篇小说，讲的是一辆叫“黄色箭头”的火车再也停不下来，带着一火车的人永远奔跑下去，失去了终点。想逃离的人要么被扔出窗外，要么跳车摔死。当然这只是一个有关人类的寓言，作家要知道的是，世界有一天真的疯了，我们该怎么办。我不知道人类该怎么办。我只是想，如果我就在这辆名叫“黄色箭头”的火车里，只要它永远行驶在夜里，我一定会是那个甘愿留在其中的人，因为对我来说，“黄色箭头”并没有把世界变小，恰恰相反，它让世界变得更大了。

开往北京的火车

巨大的平原上伏卧着一个村庄，村子不大，房屋稀疏茅檐低小。秋风从远方刮过来，茅草枯黄，在风中抖擞摇摆。所有即将死去的植物都在向风和天地俯首贴近。一群孩子从村中的某条积满黄土的巷子里出来，穿着短小的单衣，裸露着被风吹干的皮肤，脖颈和脚踝很黑，他们好多天没能洗上热水澡了。他们又一次来到村边，这个时候火车总要如期而至，轰隆隆地从村边经过。他们就是来看火车从他们面前经过的，这是他们认识范围内的最为隆重的事情，晚饭也要等到火车过去后再吃。父母常常不准他们在晚饭时来到铁路边上，但是爷爷奶奶鼓励他们。老人们大多是一辈子没出过村子的人，他们想让孩子到外面去看看。但是，村庄与村庄之间相隔如此遥远，他们用自己的双脚一辈子都没能到达另外一个地方。所以他们对吵着要看火车的孩子们说，去吧，去看火车吧。

孩子们在火车到来之前只能张望大野。辽阔啊辽阔，望不到尽头，只有低矮的树丛把村庄围成一圈。地球是圆的，这是真理，他们也看到了一个圆，而村庄正坐落在这个圆的中央，他们站在了地球的中心位置上。在泥土上打一个舒展的滚是让人高兴的，但是天有些冷，泥土也僵硬，孩子们身体皱巴巴地缩起来，腿脚施展不开。所以他们只好两脚踩着明亮的铁轨，眼睛盯着远方，手里攥着几根金黄的草叶，偶尔低下头到铁轨中间寻找圆滑的石子，作为弹弓的子弹来打鸟。

轰隆隆，嗡嗡嗡，铁轨在震颤发声，火车来了。火车来啦，火车来啦，他们叫喊起来。他们看到了远道而来的火车像一头方方正正的猛兽，迎着他们疾驰而来。他们从铁轨上跳下来，排成整齐的一条长队迎接火车的到来，在它将要从面前经过的时候拍起了巴掌，直到车尾也离开，直到他们拍红了手掌心。然后噢噢地叫起来，跟着火车奔跑。他们想追上火车，因为有一扇窗户里的一个孩子的脸他们没看清楚，他们想弄明白，他从哪里来，要到哪里去。但是他们没追上，所以火车遗留下来的问题只好通过争论来解决。

年龄最大的孩子无疑是权威，他自信地说："他从北京来。"孩子们又问："那他要到哪里去？"权威有些不自信了，但他还是公布了他的答案："他要到北京去。"这个答案孩子们不能服气，从北京来，又要到北京去，这路该怎么走呀？权威犹豫了一会儿，说："所以他要坐火车呀。"他又说："除了去北京，谁需要坐火车呢？还有，如果不从北京来，谁又能坐上火车呢？"孩子们不说话了。是啊，没错的，火车应该从北京来，也应该到北京去，除了北京，它还能到哪儿去呢？他们不知道还有什么地方可以让最隆重的火车开进开出，他们也不知道北京之外还有什么更大的地方。北京显然是中国最大的地方，北京最大的门显然是天安门，因为他们从小就知道，中国有个北京，北京有个天安门。他们相信了权威的答案，因为在此之前没有人告诉他们，中国还有其他的什么地方，这个地方还有个什么门。随后问题又出来了，年纪最小个头最矮的孩子无法看得更远，他看不到北京在哪儿，于是他问权威："北京在哪里呀？"权威很自豪地说："在火车要去的地方。"年幼的孩子歪头想了半天，终于明白了，对，北京就在火车要去的地方，火车都有了，北京还能没有吗？

争论终于结束了。巷子里响起父母呼唤他们吃晚饭的声音，他们决定回去，跟着权威排成队走回村子。他们要告诉爷爷奶奶爸爸妈妈一个秘密：那列火车是从北京来的，它还要到北京去。

阿姆斯特丹的自行车

有生以来头一回看到这么多自行车，在阿姆斯特丹中央车站门口。一片片蔓延过去，一层层蔓延过去，巨大的停车场地放不下，只好像立体停车场一样“Z”形折叠起来，从这一端拥挤缓慢地走到了另一端，从这一层倾斜地爬到另一层。每一辆自行车银亮的把手上都映出好几个太阳，可以想象那阵势，沸腾的钢铁正在燃烧。每次经过那些翘首以待的自行车把手，其无从计数的宏大场面让人震撼。一点儿理由都不需要有，数字的累加到了位，震撼人心的宏大叙述就出来了，既具体又抽象，只这一片自行车的海洋就给了我阿姆斯特丹整座城市的感觉，进而是整个荷兰的感觉——其实除了阿姆斯特丹、莱顿和海牙，我对荷兰的其他地方一无所知，但有这浩瀚的自行车在，我以为我明白了，荷兰与这片自行车之海息息相关。

在每一个车站旁边都有这样巨大的停车场，上下班的人、长短途出门的人，把自行车骑到车站，停下，存定，买了票上火车。阿姆斯特丹是座水城，城里有蛛网一样缠绕的运河，城外是海，房屋古老，街道狭窄，单行道猝不及防，在星盘一般一圈圈向外扩展的老城区，如果不是当地的老司机，转上几圈恐怕连汽车也跟着晕了。反正我这个有年头不晕车的人，在出租车转了几条街后，空荡荡的胃里也要无中生有地往外冒东西。方便的是船，像在威尼斯，但游艇不是谁都玩得起，自行车就成了最重要的交通工具。大街小巷都是自行车，你在阿姆斯特丹古老的红褐色砖头街道上走，如果你身边没有自行车飞速地擦衣而过，那它们一定就在你旁边随心所欲地站着：立正站好，靠着树干，锁在桥栏上，斜倚广告牌，或者干脆歪倒在地上。街道上缺了老砖头也不会缺自行车。因为自行车多，因为需要的自行车多，失窃的自行车就很多，一个住在阿姆斯特丹的作家跟我说，他已经丢掉的自行车多达两位数，单在念书时就丢了七辆。你不知道你的宝贝坐骑什么时候就被小偷顺走了，你也不知道你的坐骑的某个重要零件怎么就突然不翼而飞了。每一回运河清淤，都会挖掘出无数残损的自行车，车架上锈迹斑驳，看上去像这座城市一样，上了年纪。

自行车是喧嚣的大多数。在北京从来都是开汽车的是老大，但在阿姆斯特丹，骑自行车的才是老大，在你身后摁喇叭的极少，但在你身后喝令你闪开的很多。我在酒店门口就见过两例，骑自行车的呵斥开车的占道。荷兰语我听不懂，不过天底下骂人使用的都是统一的表情和口型，我肯定两轮车车主骂出了脏字，但四轮车车主只是绅士地赔了一笑。问题是，人家根本没时间看你的笑脸，你的笑尚未落定，人家已经飞车几十米外了。在北京我是资深的两轮车车主，被四轮车车主在屁股后头摁了十年喇叭，此情此景，在阿姆斯特丹，我还真是狭隘地生出了一丝快意。真为咱们穷人长脸呀。

不过你要认为在阿姆斯特丹只有穷人才骑自行车，那就错大了。荷兰人的日子相当好过，好像仅次于瑞士，没几个国家比它更像人间天堂。不差买汽车的那几个钱，但是自行车还是得骑，这是整座城市最有效的交通工具；就算你有钱摆排场，那些十六七世纪就铺好的砖头路，你也没办法让它们突然变宽。自行车是阿姆斯特丹的日常生活，就像咱们不管达官显贵还是升斗小民，过日子都得吃饭一样。那一天我们从阿姆斯特丹市长官邸里出来，我问随行的荷兰朋友，市长会骑自行车上班吗？他说当然，部长们也经常骑自行车上班。

2011年6月27日

知春里

出走、火车和到世界去

先讲一个听来的故事：

有一个荒远和偏僻的小村子，每天有一列火车从村庄外经过。火车从来不停，最近的一个车站也在一百多里之外。这个村庄里人人都见过火车，人人都没坐过火车，但他们知道，这每天一次呼啸着摇撼整个村庄的火车去往一个神奇的世界，那个世界像仙境一样遥远和缥缈，那里什么都有。只要你坐上这样的火车，你就能到达那个完全不同的世界。一个村庄的人都被遥远的想象弄得躁动不安，每次火车将至，他们就站在村边的泥土高台上，看它荒凉地来，又茫然地去，你怎么招手它都不会停下。日复一日，年复一年。某一日，一个人拉着辆平板车去野地里收庄稼，想在火车赶到之前穿过铁路，很不幸，他对时间的判断出了误差，火车碰到了他的车尾，连同他的人一起甩到一边。火车有史以来头一回在这个地方停下来，那人骨折，无生命危险，火车带着他到了一个陌生的城市的医院为他治好了伤。回到家，他说火车真好，外面的世界真好。一个村的人心里痒得更难受。但以此种方式拦火车风险实在太大，没人敢再尝试，就是坐过火车的人也不愿再来一次。又一日，一个年轻人拖着一辆平板车等在铁路边，等火车即将从他面前经过时，他闷头拉车就往对面冲。

故事的结局是：火车的确停下来了，那个年轻人死了。围观的人一部分哭着回了家，一部分哭着继续站在那里，在想一个“到世界去”的大问题。

再讲另外一个故事。这故事发生在我现在正写的长篇小说中：

某人，小时候蹲在猪圈里跟猪说话，被猪踢了个仰八叉，后脑勺磕到喂猪的石槽上，从此头脑不太灵光。他喜欢站在路口朝看不见的地方张望，裤子总要提到胳肢窝里，因为这个习惯，所有的裤子只能找裁缝单做，给他加一个无比高的裤腰。他出门极少，活动范围方圆不足十里。年既长，同龄的人都离家到了外面的世界，他在路口也站不住了，想出去。恰逢该地新通火车，他在一个阴雨天的清晨来到铁路边，抱了两块大石头准备放到铁轨上，他想把火车拦下来。在他放下石头之前，火车突然在不远处停下了，因为出了点儿故障。他以为是他弄坏了火车，恐惧倏忽而至，扔了石头就跑。天降大雨，雷电交加，一道闪电从天上下来，擦着他的脚后跟插进大地。他以为闪电来袭是火车在向他报复。在这个刚通火车的地方，对一个没见过几次火车的人来说，火车可能具有的力量你不知道它究竟有多大。此人跌倒在泥水地里，变得更傻了。后来，他颠三倒四地陈述了被雷击的感受：那是有人突然偷走了你的一条腿。可以想象一下，被雷击后，感觉在一瞬间消失，由充满到什么都没有。

因为弄坏了火车和遭到火车派来的雷电报复的双重恐惧，这个人从此再不敢“到世界去”。他重新站到路口，你要带他出去走走，他会羞怯和恐惧地拒绝：他怕被雷追上。

这两个故事充满了悲凉的宿命论，在一个光怪陆离的现代都市讲述它们相当的不合时宜。但是没办法，在远离科学、文明和繁华的僻远之处，这些都是日常生活的真相。

而如果把极端的环境从故事里抽掉，只剩下孤零零的一个个人和他们孤独的内心，把它们当成比喻，那么这一群傻子似的人物就是我们自己。我们每一个人都曾拉过那辆平板车，都曾抱起过两块大石头，都曾被急刹的火车和尾随而来的雷电吓破过胆；我们都有一个出走到世界去的梦想；区别只在于：有人被迫放弃了，有人坐上了远行的列车；有人没有放弃，但至今依旧站在原地，继续怀揣出走的梦想，等待上了车或者放弃的那一天。即使我们生活在科学、文明和繁华的世界，但不管你在哪里，总有陌生和向往的地方在。生活在别处。在这个意义上，两个故事是我们关于出走的寓言。

多少年来，我一直觉得自己在和一列列火车斗争。登上一列火车，继续寻找另外一列火车；被一趟车拒绝，又被另一趟车接纳。周而复始，永无尽时。对我来说，火车不仅代表着远方和世界，也代表了一种放旷和自由的状态与精神，它还代表了一种无限可能性，是对既有生活的解构——唯其解构，才能建构，或者说，解构本身就意味着建构。出走与火车，是一对相辅相成的隐喻。所以，长篇小说《夜火车》之后，在我的新的长篇小说中，依然涉及这个主题。它永未完成。

2012年6月9日

小泥湾

那些路

火车开过去，十万条道路从大地上浮起来。从北京到东海，几千里也，城市、村庄、树木和行人，然后是光秃秃的冬天。北国的野地里什么都藏不下，那些道路一条条浮出大地。我从小迷恋火车，喜欢简陋苍茫的小车站，开始坐上火车之后，又迷恋火车经过野地的时分。很多年了，说不清楚为什么独独喜欢窗外一路荒凉的景色。火车穿过城市，我有离愁；经过村镇，我心生温暖；唯有驶入野地，我才充实、喜悦，莫名的悲壮一般的兴奋。

夜火车也好，白昼的旅行也好，我总要把持住窗口的位子，一直歪着头看窗外。窗外有好景致么，我就是喜欢看。那些一掠而过的草木和房屋，那些向后倒退的三两个行人，移动不了，再快也跑不过去的是一片大野地。我说过，只是在火车上我才真正看见了大地，大地之大，大的地。所有的叶子都黄了，慌了，落了，几棵柳树繁茂的细枝条丛丛簇簇，竟然是泛着红色。沿途多处的芦苇荒在干涸的河道里，没有人收割。还蓄着去年河水的水渠和河流，满满当当地结了冰，远远看去我以为是一条明亮的路。光滑、惨白，是这个冬天的镜子。

看，我说到了路，终于找到了。我一直在窗外的野地里寻找的，大约就是这个“路”。这些年里坚定地不把目光从火车外的野地里移开，应该就是因为这些路。现在，它们终于浮到我的眼前。在此之前，它们已经浮出了大地之上，只是我没有看见。现在看见了，那么多。像从铁轨处开始生长，曲折蛇行，盘旋着一块野地。也有直走的，跟风的方向相同，直来直去。几乎所有的路都高出地面，这是我在火车上发现的。

冬天里，它们结实、明亮，如同一条条带子和河流，它们把大地聚集在了一起。人家说，路是脚踩出来的。其实不如说，路是脚印堆积而成的。所有的脚印都是透明的，无数的人把他们的脚印叠放在一条带状的土地上，就成了明亮的路，就有了厚度，它们不得不高出地面。你第一次看到它们，才会发现，它们像突然之间从大地上浮起来。一茬茬人死去，脚印留下来，变成路，交错，纠结。不知道他们从哪里开始落下第一个脚印，也不知道这一条条的路最终通向哪里。

我对每一条路都充满兴趣，它们在我视野尽头隐入大地深处，它们会在哪个地方结束，又会从哪个地方重新开始。我盯着一条路，看它被两行树和一片荒草淹没。看不见，它也在，那么多的脚印必想有个好的去处。我想象它如一条水蛇蜿蜒前行，奔向一间屋子、一个人。

那个人站在门前，举起清白的手，她望去路如看来生，她如送如迎地对远道而来的人微笑，在风里她有鲜活温润的身体。那条路在她脚边停下，然后重新开始，从此布满大地。

2005年2月6日

在东海

跑多远才能回到家

我想跟你说的是一个十二岁的孩子，她在一条据说可以返回故乡的马路上匆忙小跑，三十里路，可能还不止，直到她来到一个岔路口，那么多条道路同时出现在面前，她迷路了，然后发现了自己的恐惧、脚上的血泡和一瘸一拐的双腿。所有的房屋都面向北方打开窗户和门，夕阳落到了东边，这个黄昏，车辆和行人有他们各自的目标。

而她突然失去了记忆，记不清哪条路通向她家的门楼和高高的烟囱。她抱着脚坐到路边的一块石头上，努力回想十天前是如何走过这条路的。但是十天前她只有痛哭，以回家的名义从一个家里被带走，坐上一辆破旧的中巴车，在安慰和哄骗中低着头，被带到了一个陌生的地方。别人告诉她那是家，她却始终认为那是个新地方，长这么大头一次来这里。来时的路记不得了。她又想弄清楚是如何独自跑到这里的，仍然想不清楚。这些天来她一直想回到原来的那个家，每夜都听见自己在梦里哭。终于忍不住了，放学后没有回家就直接上了路，她要回来。上路的时候有种大无畏的豪情和焦迫的乡思，想外公外婆舅舅舅妈，想哥哥姐姐。

她是我妹妹，姑妈的孩子，从小在我家长大。

我妹妹在石头上想不起来路上的任何东西，有东西在赶她，让她快跑，以致忘记了长路上的孤单和恐惧。她什么都没看到，听到了不懈的鸣笛却没看见一辆汽车。一定有无数辆汽车赶到她前面，但她视而不见，只看见一条回家的路和自己迈得太慢的脚。麦地没看见，生长的树木没看见，还有被忽略的青草、河流、飞鸟和临街而居的一户户人家。

现在她都看清楚了，连同蛰伏已久的恐慌：她并不知道如何才能回到家里，她以为一条路会冲着家门而生。我的妹妹离开了家，又回不了家，像河流上的一棵草，停留在大水的中央。原以为只要向前走就会与外婆越来越近，谁知道恐惧告诉她，她甚至无法确知他们到底在哪里，他们在确定的位置上突然模糊起来。于是我妹妹坐在石头上哭了，她为自己的恐惧和无家可归而哭，为越发捉摸不定的外婆而哭。

我要一生都感激那些好心人，一个老阿婆，一个中年的母亲，一个慷慨的汽车司机。老阿婆最先发现正在哭泣的妹妹，为她擦掉眼泪，问明了妹妹的去处。然后，嘱咐那个中年的母亲照看一下，把妹妹带到青湖去，妹妹兜里没有钱，司机没要她的车费。十二岁的妹妹到了青湖一颗心才安定下来，这地方她熟悉，家的概念重新清晰起来。在此之前她根本不知道下一分钟会发生什么事。她忘了道谢，下了车就跑起来，又是十里路，我妹妹一口气跑回了家。

最先见到的是她的舅舅——我父亲。她一头冲进屋里，没等我父亲反应过来就死死地抓着他的手，放声大哭，怎么也遏止不了。她要把思念、恐惧和委屈都哭出来。

这是第一次。第二天早上妹妹就被送走了，她还要上课。一个月后第二次回来，她有了点儿经验。我愿意相信这经验得自一个月来的计划和推敲。星期天一大早，别人都还在床上，她起来，留了个纸条在桌上，告诉他们，她要回外婆家。口袋里仅有十块钱，是她一个月的积蓄。妹妹来到车站，不知道哪一辆是开往青湖的车，一辆一辆地问。站在路边的妹妹像个可怜的小乞丐，个头小，身子单薄，脸都没顾得上洗，还留着做梦时流的泪痕。三块钱从东海坐到青湖，五块钱雇了一辆三轮车，从青湖到我家。

下了车又哭起来，十二岁的妹妹见人就哭，说她想我们。

才十二岁，她竟然坐了这么远的路，还雇了一辆车。问她如何想到这些，她说不知道，只想着要回家，就一件一件地做出来了。我想对你说的是，妹妹将来一定会做成很多大事的。

那些日子正是祖父身体极差的时候，有一天他在院子外突然感觉不好，被人架了回来。妹妹吓坏了，扑在床边抓着祖父的手，哭得惊天动地。十二岁的孩子，懂什么呢。她竟然都懂了，只是不能清楚地表达出来。她抓住祖父的手拼命摇晃，她一定知道，这其实是在挽留一个亲人。

2002年2月1日

在东海

去额尔古纳的几种方式

从呼伦贝尔一路往东北走，出了城区同行的人就陆续睡着了。我努力醒着，为的是跟包师傅说说话。初秋的午后太阳很好，酒足饭饱，困倦之意忍不住升腾上来，包师傅免不了偶尔也恍惚。开车时包师傅不太喜欢说话，但那个下午我们聊得很好。我们去额尔古纳。一辆越野车，五个人。大概七年前，我好像去过额尔古纳，记不清了，呼伦贝尔太大，草原上、白桦林里处处是美景，我就分不清哪里好看、哪里更好看了。那一次我们一个团，二十多个人，一辆中巴车，一路唱歌、讲笑话，路途的遥远和艰难完全不知道，怎么到的额尔古纳我也没有印象了。不过可以肯定的是，三五个人驾着一辆越野车在草原上奔驰，应该是去额尔古纳的最佳方式。车足够宽敞，怎么歪着坐着躺着都可以，有美景可以随时下车，累了就停下来抽烟，碰巧赶上个驿站服务区，买两听罐装咖啡，喝过后就像游戏中满血复活的大力神。的确也是，见羊群我们停，遇马群我们停，有一群奶牛经过我们也端着相机照。还有神山和圣湖，一个都不能少。

但是包师傅说，去额尔古纳最美的方式是骑马。一匹好马，一天能跑四百里，这差不多是我们此行距离的一半。我想象我们几个人策马扬鞭飞奔在国道上。包师傅就笑了，骑马怎么会在国道上跑？当然要横穿草原，取最近最直的路。再坚硬的马蹄和马蹄铁也受不了柏油路面，得在暄软蓬勃的草上跑。一个朋友迷迷糊糊插了一句："包师傅曾是牧马人。"说完又睡过去了。我更来了精神，追着包师傅听当年的牧马生涯。

一晃四十年了，那时候包师傅二十出头，到陈巴尔虎旗当知青。草原上知青最羡慕的工种就是放马，拉风，骑上去吆喝一声就下去几十里地。放羊的、种地的、养猪的下乡青年看着直流哈喇子。"姑娘们也喜欢。"包师傅嘿嘿一笑。他和另一个知青搭档，一千四百匹马，乌云一样在草原上涌动。"我们想去额尔古纳。"他和那个上海来的知青搭档。当然是骑马。坐火车很麻烦，得先到海拉尔，骑上一天的马，还不知道能否赶得上唯一的一班车，错过了就得在火车站待上一宿。上了车也不痛快，那火车慢，见站就停，"光吃光吃"，包师傅用的就是这个词，还得绕道，四百里地一天都未必跑得完。

"那会儿火车时速多少？"我问。

"谁知道。"

"你们没去？"

"没去。没去成。"

火车没去成，马也没去成。生产队不允许。赶不上探亲假，马得

在呼伦贝尔大草原上

天天放。去额尔古纳来回得三四天，到了你总得看看吧。每人一匹马这么跑下来，受不了，哪舍得让你喜欢的马一口气跑那么远？得有备用的。有一回差点儿成了。大冬天，一场雪刚化，生产队空出来个时间，两人在队长的默许下上路了。出发时天已经黑了，但月亮好，他们打算跑累了借个蒙古包睡一会儿，醒来继续走。

“那晚月亮真好，草原亮得像一片海子，”包师傅说，“你睡着没？我们看见狼了。”我一惊，清醒着呢。“狼呢？”我问。狼在野地里站着，看样子吃得不错，肚大腰圆，听见马蹄声就跑。包师傅和搭档打马就追。他们庆幸随身带着套马杆，防着这事儿呢。大白月亮下两匹马追一头狼，天高地迥，天清地泰，包师傅让我看着车外的草原想象那个壮观的夜晚。马跑得快，狼走得更疾，一路脚不点地。那狼肯定吃多了，身子越跑越沉，慢下来。套马杆都抓到手里了。那头狼奔到一处挤满碎石的高地上，一声长嗥，吐了。“这是它们惯用的伎俩，”包师傅解释，“轻装上阵速度又快了。”果然，肚子空了的狼重新提了速。

“结果呢？”

“结果我跑丢了。”

包师傅的马速度跟不上，被落下越来越远，只有上海搭档一直盯紧了跑。包师傅眼睁睁地看着同伴骑着他的大黑马和狼一起消失在夜半的地平线上。包师傅仰观天象，现在与额尔古纳南辕北辙，已经后半夜，人困马乏，可怜的枣红马鬃毛上的汗没滴下来就结成了冰。他决定找个地方歇一会儿，他记得这附近有个牧羊的蒙古包。找到后，倒头就睡。天快亮时，包师傅突然觉得被窝那头钻进来一个冰坨子，竟是上海知青。那家伙说：“他娘的，累死老子了。”指了指蒙古包外，头一歪睡着了。

第二天一早，包师傅起身到了蒙古包外，赫然看见一张新鲜的狼皮挂在木栅栏上。上海的搭档昨夜终于套住了那头狼，拖得它断了气。他想把死狼捆到马鞍后面带着，大黑马不答应，它怵这东西。没办法，他只好在一处蒙古包的遗迹上找到一个遗弃的酒瓶子，敲碎，拿一块玻璃碴儿当刀，顺手剥了狼皮。卷起来放到鞍后，这下大黑马没意见了。“狼皮一定要留，”包师傅说，“那会儿供销社收，好皮毛能卖到八块钱。大数呢。”等上海知青醒来，两人再合计，路越走越远，额尔古纳是去不成了。于是上马原路返回。

“想来真是遗憾，放了三年半马，竟然就那么一次机会。”

包师傅再也没能骑马去额尔古纳。然后知青返城了。额尔古纳有最好吃的面包和灌肠，作为牧马人的包师傅没有吃到。

故事讲完，额尔古纳到了。我们的确吃到了美味的面包和灌肠。其实额尔古纳的美味还有很多。不过我想说的是另一件事。晚上我们在马路上散步，遇到一个借火的老兄。

9月夜晚的额尔古纳已经开始清冷，街道上零星的行人和车。借火的老兄把摩托车停在路边，手里夹着根香烟等着对面有人来。我用打火机帮他点上，他用山东话夹杂着东北口音谢我。一身摩托客装扮，头盔、防风服、登山鞋，武装到了牙齿，独独在半路上丢了火。他刚从根河骑过来，一定要在额尔古纳住宿。他喜欢这地方，每次骑行漫游到附近，只要车程不超过四小时，都要睡在额尔古纳。“听听，额尔古纳。不知啥意思你都会觉得这名字好听，是不？”他说。年轻时他在辽宁当了六年兵，就想着来额尔古纳玩。然后退伍了，然后回老家烟台工作了，然后退休了，终于可以来了。一个人骑上摩托车，满世界跑，额尔古纳却是每年都要来的。他拍拍胸脯：“咱这身板！”的确是条壮汉，说四十岁我也相信，就是风吹日晒脸膛儿黑了点儿。

“跟你说老弟，趁年轻要多跑。”他一副掏心窝子的眉眼，“摩托车是首选。肯定的。咱不看别人脸色，一切行动听自己的。你是江苏人？好，啥时候还想来额尔古纳，给老哥言一声儿，咱哥俩一起来。一定要记下我的电话啊。”

我记下了。抽完两根烟，精神头足了，他附在我耳边说：“额尔古纳你一定要再来。我今晚要住宿的那家旅馆，老板娘人真叫一个好。”然后戴上头盔，跨上车走了。

我们从马路这头走到那头，返回来时经过一家旅馆，烟台大哥的摩托车停在门口。

2015年10月4日

东海

从丹江口进入日常生活

环境塑造人，生养你的地域总要在某个向度上规约你的习性和爱好，照地域本身或者完全相反的方式。比如我，生长在乡村，屋檐后就是后河，洗衣、游泳、抓鱼、溜冰，半个童年都可以耗在里面。从后河往北，间隔三五百米是另外三条河或渠，长年有水，一直到两公里外的乌龙河。大夏天里，出家门往北走，我总能在汗流出来之前就钻进水里，浑身湿淋淋地走到乌龙河。我无法想象在太阳底下步行两公里路却找不到一条可以跳进去的河，是什么感觉。

沿乌龙河逆流往西，四公里外是镇上的中学，校门前是乌龙河的源头——石安运河水库。这座江苏最大的人工水库从校门前流过，上下学我都要沿河边走，上桥和下桥时喜欢把身子探出石桥的栏杆往水里看，顺手丢一两只纸折的小船。到初三时做了住校生，冬天里天寒地冻，学校的自来水管结了冰，我们洗漱都得用运河水。一大早，但见住校生们端着茶缸，拿着牙刷，肩膀上搭着条毛巾，一路敲敲打打，成群结队地往河边跑；瞬间水边就撅起了一大排屁股，个个头顶上冒着热气。运河水清亮，冬暖夏凉，夏天漫长的午休时间，我们就在河边一处险要的高地上练习跳水。

如果在那个时候，在我从未离开过故乡超过五十公里的时候，有人告诉我，世界上有很多缺水乃至一滴水都看不见的地方，我肯定认为他在胡说。怎么可能没有水呢？世界就是我所生活的世界，水完全应该是一个人的日常生活嘛，离了水人跟鱼一样，活不了。

当然，后来我远离故乡，确知世上有诸多干渴处，依然不能想象，脱离了水，他们干枯的声音如何从焦灼的喉咙里发出来。因为这些年，我依然在水边生活：在南京念大学，扬子江水浩浩汤汤；到苏北的一所大学教书，古老的京杭大运河穿城而过。水依然是我的日常生活。

及至到北京，发现水成了问题。在北京的第一年我一直口干，春夏秋冬都口干舌燥，出门经常忘带手表和钱包，但绝不会忘记水杯，我必须不停往肚子里灌水才能平息身体对于丰沛的水源的渴望。我从来没这么渴过，从来不知道水对一个人的生活如此之重要：你得把喝水当成一件重大的事情来完成；就像在高原上，你得把寻找氧气作为一项重中之重的事业。对我来说这有点荒唐，想当年两公里内我可以跳进五处水里洗五个澡。但事实如此，北京的河能干的全干了，一年有三百个好太阳，能蒸发的水也差不多蒸发完了，地下水在以每年二十厘米的速度往下落。在北京待了十年，我终于承认了这是个严重缺水的城市。

好在南水北调工程已经开始了。

“开始”是个什么意思？“开始”是指源于丹江口的水已经整装待发，先头部队已经从河北进入北京。也就是说，不仅我们的水龙头里流出来的可能是从南方远道而来的水，北京的地下水也将以逐年递减的规模下降；直到有一天，北京的地下水再不会擅自下降；甚至，丹江口的水把北京脚底下透支的那块可怕的空间填满；然后，北京的植被空前丰肥繁茂，第一次来北京的人再不会口干舌燥。我不懂地壳物理，也想象不出北京地下空洞和充满的壮观景象，但我熟悉每年枯水季的我故乡的乌龙河。当乌龙河最浅处可以蹚水过河时，石安运河水库开始放水，巨大的闸门提起来，白水如马群奔放而出，我跟着浪头跑，眼看着乌龙河涨起来，胖了，一副心宽体胖让人安心的样子。

但是南水北调，源头活水要不远万里从湖北的丹江口来，贯穿了半个中国，其间翻山越岭、跨河越江，绝非我老家的水库提一提闸门让水自己冲下来那么简单。它要考虑的不仅是水能否长途跋涉跑这么远，还得顾及环境、气候和工程移民等大问题。山河自然，是其所是，在其所在，愚公移山精神固然可嘉，但很可能移完了，地球就是另一副样子了；沿途的百姓也是，安土重迁，安居乐业，谁也没资格给他们找别扭。在我通览南水北调工程之前，最贴近的想象是，这一调水工程如同给人体再造一根血管，源源不断地给沿途的北方几个省市补给救命的活水。这血管要科学、实用，还得不排他，不能血管通了，身体的其他部分出毛病了，搞出一大堆后遗症。我的担忧绝非个别，所有关心南水北调的门外汉都持此忧虑：水送不过来倒还不是天大的事，把身体弄瘫痪了，祸害了百姓，那事就大了。专家们说，门外汉都是热心人，解决忧惧最好的办法是让你们变成内行，自己走一趟。

还真实实在在走了一趟。像当年沿乌龙河逆流而上一样，我从北拒马河进北京处开始，一路往南扎，过保定、石家庄、邢台、邯郸、安阳、鹤壁、新乡、焦作、郑州、许昌、平顶山、南阳，直至南阳的陶岔渠首，在丹江口水库里喝下了原生态的湖水。泱泱万顷的大水，就是从这地方一路北上，一直流到北京的玉渊潭。如果你知道自家的水龙头里流出来的将是眼前的这片浩瀚的水，你不会无动于衷；如果你知道这片水北上之艰难险阻，你也就不会对这一工程视若等闲。我不知道从绝对科学的意义上如何评价南水北调，我也无法预测若干年后如何看待这一工程，但泛舟丹江口，我必须承认，作为一个大俗人，我心里踏实了：在北京不会干渴而死。

这一路经见了渡槽、暗涵、穿黄、倒吸虹等施工操作现场，叹为观止；给人体再造一根血管的想象可能比中线工程要求要更精尖，但绝不会比南水北调的中线工程更浩大。它浩大到你会觉得站在长达数公里的渡槽前的一个个人完全可以忽略不计，实在太小，微不足道。但这也正是人之伟大处，所谓“人心齐，泰山移”，所谓人定胜天，大概说的就是这个意思。在即将到来的2013年，从北京到丹江口水库，凡1236公里，逢山开路、遇水架桥，南水北调的长途就要贯通，实现自流。

因为地势南高北低，请再次发挥想象力，像我老家的石安水库提起了闸，丹江水从渠首的闸洞里奔泻而出，在重力的作用下一路向北，夜以继日，川流不息。等某一天早上你在北京的高楼上醒来，拧开水龙头，那水的声音你一定会觉得似曾相识，因为之前的某一天，你曾在丹江口水库里掬水拜谢，水落入水中就是这个声音，丹江水的声音。而这声音，从此将成为你湿润的日常生活；就像我在故乡，从屋檐后开始往北走，永不会干涸。

2012年11月27日

知春里

沿铁路向前走

很多年来，我一直对生活抱有隐秘的愿望。我希望有那么一刻生活是独独属于我的。这种想法贯穿了我的整个少年时期，让我的生活充满了一个个小小的私人的惊心动魄时刻。

有一阶段我对时间产生了迷信般的热情，决心要把表达上比较特殊的时刻一一找到。当时用的是一块廉价的电子表，事实上它和北京时间并不一致，但是我相信它的精确性。上课时我把手表放在桌面上，不时瞟上一眼。当出现 11:11、12:34、5:55 等数字时，我的心会突然狂跳不止，我觉得我们终于不期而遇了，这个特殊的时刻是我的了。前些日子卖废纸，我把小学、中学的课本又翻了一遍，发现很多页面记下了类似的时刻。不记得那时候听课是否认真，大约常走神，因为我把这些数字的记录当作一项神圣的事业来做的。即使是现在重新看到它们，我依然生出与当年相同的成就感，好像的确做了一件了不起的大事。

除了表示时刻的数字外，书页上还眉批了一些特殊的现象。比如：在某本物理书上我记下“某年某月某日某时某分某秒，我听到了该年度的第一声惊雷”；另一本书上写着“哪年哪月哪日，早上起床见到了冬天的第一场雪”；等等。我热衷于类似的小玩意儿，发现和记录所有我所见闻的第一次，也许是要把自己时时推向世界的前沿，企图在与生活的正面接触中处处都留下痕迹和影响。而没有意识到很多事情其实不可能，也没有意义。我把它们作为追赶的目标，藏在内心的某个不可示人的角落，等待它们在现实中复活。我曾自豪地对朋友们说起，我曾在江苏和山东交界的界牌下停留了五分钟。自从能够独立骑自行车坚持五十里路时开始，我获得了和父亲同样的权利——骑自行车去外婆家。外婆家在山东。为此我兴奋了好几天，终于有了一个可以在两省交界处伫立的机会。之前总是父亲背我，从不在我向往已久的界牌下停车，我也从未把想法和父亲说明。那一次我拼命地赶路，把父亲抛下老远，然后把车子停在界牌下的桥上，严肃认真地站好，对自己说，天哪，我终于来了。我努力把这次停留弄得意味深长，似乎看到了一条清晰的边界线从我双脚之间穿过。我双手下垂，同时站在两个大省的土地上，像一个庄严的仪式。我站满了五分钟，激动得浑身冒汗。

如果说生活中还有无法实现的儿时梦想，那就是有朝一日找到一个地方，当我站在那里，左边风狂雨骤，右边艳阳高照。我不愿从科学的角度去判断此类的阴阳地是否存在，只是顽固地相信，一定有，只是我还没找到。出远门的车上，我念念不忘的一句话是“十里不同天”，它对我的诱惑至今无法消除。大学毕业前的一次返校途中，是我印象里最为接近梦想的一次偶遇。车过沭阳，后面是狂泻的大雨，车上是星星点点的雨滴，前头的太阳高悬，柏油路面的蒸汽缥缈上升。我下意识地从座位上站起，把脑袋伸出窗外，种种迹象表明，这是一个不可多得的好机会。雨吹到一侧的脸上，另一侧是太阳的光照。地面上的水迹在衰退和减弱，但雨一直都在飘，看那架势能跟汽车飘到路断时为止。司机发现了我，责令我立即把脑袋缩进车里，否则后果自负。整个车厢的旅客都转过脸看我，我犹豫了一下收回了脑袋。应该就在这一瞬间，汽车走过了一个伟大的时刻，我再看窗外，天上已经不再落雨，汽车前面是不断涌来的干白路面。我又错过了。尽管后来我和别人提起，他们都认为世上根本就不存在如此果断分明的荒唐事，怎么可能从哪条线开始就不再落一滴雨呢？也许是吧，我不说话，心里还想，是我错过了。

到了现在，我对诸多事物的看法有了改变，我已不再像过去那样计较纯粹的形式上的实现和胜利，孩子式的成就感对我已经没有多少意义，转而关注并不懈追寻情感的体验和领会。从童年一路走来，时时纠缠我的愿望历经淘洗，就剩下这类东西了。多年前我向往能在铁轨上走来走去，一脚踩上一根，张开双臂，一直沿着寂静的原野走到铁路的尽头，最好是隐隐能够听到火车的吼叫在身后追赶，当然，想象中的火车必然追不上我，只能在身后永远吼叫。我觉得天地苍茫的时候，一个人去铁轨的方向是一个壮举。二十多年来，这个念头伴随了我的火车旅程的始终。我想找一个无人的地方独自走上铁轨，背对着将尽的夕阳，缓慢地步入黄昏和深夜。很遗憾，急匆匆的旅程和嘈杂的车站不给我机会。

去年春节刚过，我终于如愿以偿。我陪母亲去舅舅家。没想到舅舅的新居前赫然就有一条单程铁路。舅舅家是一个可观的四合院，出了门是一条终年污水不断的小河，窄窄的，一抬脚就可以跨过去。然后就是高高的石子和枕木上睡着的两根寒光闪闪的铁轨。这里是郊区，沿铁路向东是一片枯黄泛青的田野。枯的是泥土与草木，青的是寒气下无边的麦苗。我曾经站在高处观看过平畴沃野，它的宽大自不待言，而现在当我沿着铁路向前张望，大约是因为这条闪亮的道路，田野越发显得幽深辽广，阳光下的铁路像两条飘忽的银线被看不见的花针牵扯着，稍一抖动，整个大地似乎都跟着波动起来。我不得不说我喜欢这种感觉。

晚饭过后的黄昏，我和舅舅家的妹妹到铁路上散步。妹妹说这是单程运煤的铁轨，一天只经过一次火车，常常是在半夜时分轰隆隆地驶过，动静很大，摇撼周围的居民和他们的梦。我建议沿着铁路向前走，一直走下去。妹妹直摇头，说走一会儿就不见人了，那边是野外，小孩到了那里会被狼吃掉的。当然是大人唬小孩的把戏。我说没事，有我呢。妹妹答应了，走在我前面。落日已尽，夜幕垂帘，又一个仪式即将开始。和想象中的一样，叉开双腿，举起两臂，但是两步过后我就发现这种走法是怎样的折磨和痛苦。一个人没有能力同时踩着两条铁轨不停地走下去。妹妹还小，不明白我的想法，只是按照习惯踩着同一条铁轨，张开两条胳膊，在寒风里缩着脑袋向前跑，嘴里嘟嘟地叫着开道，像只臃肿的小蜻蜓左右摇摆。我坚持了一会儿，还是从铁轨上下来，踩着枕木跟在她后面。

天很冷，风像水一样漫过头顶，我不得不把棉衣的领子竖起来，双手插在口袋里。前面就是在我想象中存活了很多年的黄昏，铁路遵照我的想象通往迷茫渐深的夜。妹妹走得很熟练，尽管歪歪扭扭，但不会从铁轨上掉下来。走得也很开心，因为她不关心铁轨通向哪里，不知道它需不需要一个尽头。远处的树木影影绰绰，显出旷野的空洞和萧瑟，我们已经远离灯火和民房里的炊烟，远处的灯光闪烁变幻，充满了不确定性。我们向寒冷深处走着，路边没有任何东西能够把我从黯淡和凄冷中解救出来。前面是活蹦乱跳的小妹妹，有着天真的前途和活泼的现在，我突然感到一阵突如其来的茫然和恐慌，我觉得我在那一瞬间老了，这就是我二十三年来不懈幻想的沿铁路向前走？二十三年的幻想中，我从来没有对具体而微的细节做过考虑，比如是否会碰上点儿意外，从来没有，只是想着向前走，走进混沌的远处，为什么要走似乎也已不重要了。就像现在这样，从一个无所谓起点的地方出发，向一个不知尽头的目的深入。生命如此漫长，保持着两根铁轨间的恒定的宽度向前进发，去一个谁也不明白的地方，铁路上没有纯粹形式上的实现和胜利，只剩下甩开臂膀向前冲的动作。妹妹走得依然很高兴，不时回头催我快点儿，她倒是不害怕旷野里有狼等着她了。无数的念头纷至沓来，冲撞着我的大脑，我直想哭。妹妹回头又催我，天黑得已经看不清她的脸了，我站住说，该回去了，舅舅他们会担心的。然后我转过身，找到遥远处微弱的灯光，一下子泪满双眼。

在国内旅行几乎有了固定的程式，无非是到一个地方看看好景，吃吃好饭；高雅点儿的，听听戏，拜访几位名人；皆立此存照，然后打道回府，把吃的、看的、玩的与人津津乐道。到国外大抵也如此，不过常要多出一道：逛各种博物馆。很难想象到了巴黎不去趟卢浮宫，也很难相信在纽约转了几天想不起进大都会艺术博物馆，到了阿姆斯特丹不去看看荷兰国立博物馆；就算附庸风雅一下也得去转一圈。我没跟过国外的旅行团，不太清楚游玩的细则，但据说如果没有特殊要求，博物馆多半要列为项目之一。理由非常简单：了解一个国家和一座城市，看一遍生活和艺术的老物件比多么舌绽莲花的导游解说都直观和有效。

这么简单的理由无须解释。即便从最功利的角度看，花一张门票钱就把人家几百上千年的好

在西班牙

东西饱览一遍，无论如何也是笔一本万利的好买卖，何况有些博物馆连门票都免了。反正这买卖我喜欢做，到哪去先查该地博物馆的地址和开放时间，看完了再干别的。大都市的看，小城市的也看，最后连几十号人的小镇上的博物馆也看了。多少次看下来，反倒觉得那些声名显赫的大博物馆没啥可说的，它们的藏品举世皆知，人人都能如数家珍；倒是那些不起眼的小馆，看起来别有风味，你想象不到的老古董正经八百地摆在那里。因为地方小，因为生活琐碎，历史在这样的小博物馆里变得如此家常和亲切。

某年秋，天降冷雨，我去美国中部的一个小镇上看稀奇。镇上居住着欧洲某地过来的移民，子孙依然保持着先民的古风，讲环保，坚决抵制工业化，能手工的绝不机械，他们喂马、劈柴，种植粮食和蔬菜，吃不了的拿出来在集市上卖，连同他们自制的手工艺品，他们把能见到的工业化的边角料都转化成艺术。那天我在集市上看到成堆的粮食、南瓜，用铁丝、钢片做成的小小的飞禽走兽。他们在雨中弹吉他唱歌。镇子很小，还不如中国一个像样的村子大，我在集市中间一扭头，看见一个博物馆。三间屋大，暖气充足，我完全是抱着取暖的形而下目的钻了进去。在当时，那是我有生以来见过的最小的博物馆，我想充分地暖和过来，不得不把每件藏品都看得很仔细。这三间房子完全纠正了我的宏大的“博物馆想象”。

这里与国家无关，与民族无关，与全球化更没关系，只与本镇的历史有关。从第一批来此定居的欧洲移民开始，他们的衣着、食物、生产工具、生活用品，他们的风俗、秩序，他们的照片，一百多年前的烟斗、挖耳勺、餐叉和打猎穿的露了脚趾头的皮靴子，本镇的第一台印报机，镇上名门望族的详细家谱，并配以每一代人的画像和照片，本镇的发明家、画家、学问家及其作品，历次战争中本镇的烈士、英雄和照片，最古老的顶针和戒指，等等。分门别类。

我从没见过如此琐碎、细小、脱离宏大叙事的博物馆。我们想象中的博物馆首先要“博”，地方要大，存的东西也得大，要事关天下苍生，要关乎宇宙洪荒，否则都拿不出手。但这个小镇的博物馆就胆敢堂皇地把一切“旧”东西摆出来，仿佛在宣告：这就是我们的历史，我们这小镇多少年来就是这么一针一线地过来的。经过的就是历史，这是我们之“所从来”。我在盯着某张照片旁边的说明看，一个当地人过来，问我是否需要帮助，他对这里所有掌故都门儿清。他很自信，对我翘着大拇指。我没麻烦他，我知道他一定什么都知道。

几年后，我在故乡和朋友聊天，想起了这个人。我对他肃然起敬，这是个有“出处”的人。当时我和朋友说到故乡的物产和历史，我突然蒙了，我对故乡竟然知之如此之少，很多地方经不起别人的追问和推敲。即便有所涉猎的，也不过囫囵其大概，离深入和理解相距遥远。和那个人比，我在故乡成了一个没有“出处”的人。我离开故乡，飘在外面的世界上，从此也就断了和故乡连着的根。反过来说，我就是生老于故乡，就一定能成为有“出处”的人？未必，更大的可能是，我是个生活在故乡的“异乡人”。我很难像那个人一样翘起自信的大拇指——我们的历史风流云散，被日常生活消磨殆尽；我们没有什么博物馆，哪怕一间屋大的地方。

事实上，这几年我断断续续看了很多国外的小博物馆，小城市里的、小镇上的。东西未必有多好，有多古旧和微言大义，尤其像美国这样历史短暂的国家，不少小镇仅有几十年历史，但他们愿意辟出一块地方，隆重地收藏、纪念和展示出来。几十年也是历史，几十年也得保存好来路和出处。

2011年11月27日

知春里